승규가 申
ㅅㅅ

이종혁.

대본집

우리연애 시뮬레이션

Our Dating Sim

각본 이윤슬 | 각색 임현희

blackD

용어 정리

S#	장면(Scene)을 의미하며 동일한 장소, 동일한 시간 내에서 여러 각도와 행동, 대사가 어우러져 한 신을 구성.
Na.	내레이션(Narration). 장면으로 나타나지 않는 것들을 해설.
Ins.	인서트(Insert). 상황을 강조하거나 자세히 설명하기 위해 삽입하는 장면.
E.	효과음(Effect). 수화기 너머 들리는 목소리와 같이 신의 공간 밖에서 들리는 소리.
Cut to.	한 화면이 다른 화면으로 전환될 때 쓰임.
플래시백	신 안에서 회상 장면을 나타낼 때 사용.
줌 인	피사체를 앞으로 당겨 확대할 때 사용.
몽타주	편집된 장면들을 짧게 끊어서 붙인 화면.
슬로 모션	실제보다 느린 속도로 재생하는 영상 효과.

 ## 차례

작가의 말

이윤슬

《우리 연애 시뮬레이션》 대본을 탈고한 지 벌써 1년이 지났습니다. 작가의 말을 쓰려고 대본 작업을 하던 시간을 되짚어봤는데 잘 기억이 나지 않더라고요. 마치 매일같이 통학하던 길을 졸업 후 오랜만에 걸어보는 기분이었습니다. 고작 1년인데도요. 그래도 낯설지는 않았습니다. 이미 길이 났거든요. 한 번 길이 나면 사라지지는 않는 것 같습니다. 문득 떠올리면 희미하게 애틋한 시절이 또 하나 생겼다는 게 기쁩니다.

저는 정말로 겁이 많은 사람이라 매 순간 무서웠습니다. 몇 계절 내내 잡고 있던 인물들이 제 손을 떠나갔을 때는 뛰어가서 붙잡은 다음, 제발 세상 밖으로 나아가지 말고 내 안에 있으라고 소리라도 지르고 싶었습니다. 손을 놓친 기분이었어요. 하지만 완과 기태가, 경우와 진석이, 연이, 태오, 써니, 제이미, 안 PD가 멋진 배우들을 만나 씩씩하게 걸어가는 걸 보고 조금 안심했습니다. 그리고 많은 분들과 만나 사랑받는 걸 보고는 마음을 더 내려놓았습니다. 이제야 이 이별이, 척력이 고맙게 느껴집니다.

감사한 분들이 많습니다. 살면서 드라마 대본이란 걸 처음 써봤습니다. 이야기를 완성할 수 있게 도와주신 감독님과 PD님들께 진심으로 감사드립니다. 마음을 다해 각각의 인물이 되어준 배우분들께도 감사의 말을 꼭 전하고 싶습니다. 작품을 위해 애써주신 모든 제작진과 스탭분들께 이 지면을 빌려서 감사의 말을 전합니다. 대본집이 나올 수 있도록 힘써주신 분들께도 감사합니다. 한 분, 한 분 뵙고 인사드리지 못해 죄송합니다. 돌이켜보면 쑥스럽고 어색해서, 어떻게 말을 걸어야 할지 몰라서, 모든 상황이 너무 낯설어 가만히 있었던 게 가장 아쉽습니다. 또, 죄송합니다. 더 적극적으로 고마움을 표현했으면 좋았을 텐데 후회됩니다. 용기 내는 일은 왜 이렇게 어려울까요.

저는 이 이야기가 후회와 선택, 용기에 관한 이야기라고 생각했습니다. 과거에 겁먹고 피한 일을 현재에 와 용기를 내어 직면하는 이야기라고요. 그런 '선택'을 하는 이야기라고 생각했습니다. 하지만 다시 보니 그게 아닌 것 같아요. 하나의 선택이 모든 걸 바꾸지도 않는 것 같고요. 세상에는 그냥 그렇게 지나가는 일들이 더 많다고 느껴집니다. 나의 선택과 내가 어떻게 할 수 없는 상황이 뒤섞여서 분리되지 않은 채로요. 그래서 누구의 탓도 할 수 없이 그저 버텨내는 방법밖에 없는 것 같습니다. 야속

하고 서글프지만 어쩔 수 없지요. 저는《우리 연애 시뮬레이션》
이 그 어쩔 수 없던 시간들과 하루들을 버텨낸 스스로를 한번
안아주는 이야기가 아닐까, 이제 이렇게 생각합니다. 스스로와
화해하고, 한 시절을 용서하고, 미움이나 죄책감이 아닌 사랑이
이끄는 선택을 하는 것. 저는 완이 되어 제 지나간 시간과 조금
화해했고, 기태가 되어 사랑하는 법을 조금 알게 되었어요. 여
러분들께는 이 이야기가 어떻게 남을지 궁금합니다.

보내주신 사랑과 나누어주신 다정함 잊지 않고 소중히 간직하
겠습니다. 누구보다 이 드라마를 아껴주시고 사랑해주신, 이 대
본집을 읽어주실 여러분께 감사드립니다.

충분히 기쁘고, 슬프고, 아름다운 계절 보내시길 바랍니다.

사랑 쪽으로, 용기있게.
2023. 여름.
이 윤슬 드림

감독의 말

임현희

서툰 사랑의 첫 조각.

들춰내기도 부끄러울 만큼 앳되고 미숙할지라도, 그 조각을 스스로 들어 올려 다시 맞추는 용기는 늘 어여쁘다고 생각합니다. 이러한 서툴지만 예쁜 성장담을 《우리 연애 시뮬레이션》에 녹여내고 싶었습니다.

대본 각색 단계에서부터, 프리 프러덕션, 프러덕션, 포스트 프러덕션까지 첫 조각을 맞추던 길지 않은 시기를 지나, 어느새 과분할 정도로 많은 이들의 사랑과 응원을 받고 있는 걸 보면 감회가 새롭습니다. 그렇게 완과 기태는 솔직하고 용기 있게 제모습을 갖춰나가고 있는 것 같습니다.

7년간의 시간들을 단단히 직조해 만들어준 완의 이종혁 배우, 기태의 이승규 배우에게 수고했고 고맙다는 말을 전하고 싶습니다. 대본 단계에서부터 완과 기태는 매우 다르지만 또 비슷한 지점이 많았습니다. 닮으면서도 다른 두 사람이라, 캐스팅 단계에서부터 골머리를 앓았는데요. 이종혁 배우님과 이승규 배우님이 잘 분해주신 덕에 이젠 두 배우의 얼굴이 아니라면 완과 기태가 상상조차 되지 않네요. 그 외에도 각자의 개성과 매력을 잘 살려 캐릭터를 만들어주신 모든 배우님들께도 감사드립니다.

또 더운 날 함께 고생해준 제작진에게도 감사를 표합니다. 열악하고 짧은 기간 내에 섬세한 감정과 순간들을 함께 포착해주시느라 정말 수고 많으셨습니다.

마지막으로《우리 연애 시뮬레이션》을 애정해주신 모든 시청자분들께 감사드립니다. 완과 기태의 성장담을 더욱 예쁘게 완성시켜준 건, 시청자분들의 응원과 애정인 것 같습니다.
처음이라 서툴고 서툴러서 열정적이었던《우리 연애 시뮬레이션》과, 우리 모두의 사랑을 응원합니다.

이완 (27세) | 이종혁

어릴 때부터 만화와 애니로 세상을 배운 될성부른 오타쿠. 터울 많은 누나의 책장에 있던 만화책들로 만들어진 취향이 좀 남다르달까. 덕분에 학창 시절, 사춘기를 직방으로 맞아 날뛰는 호르몬을 주체 못 하는 여느 고딩들과는 다르게 섬세한 감성의 소유자였다. 그 학창 시절을 빠짐없이 함께 보낸 기태를 짝사랑했다. 과격함이 미덕이고, 서열 싸움이 일상인 남고에서 그런 것에 일체 관심 없는 완의 든든한 방패막이가 되어줬으니까. 게임에 집중하고 있다가도 완이 부르면 미련 없이 달려오는 의리파 겜돌이었으니까. 그래서 졸업식 날 고백까지 했다. 하지만 완의 착각이었을까? 기태가 말하는 '우리'는 아무리 특별해도 우정까지였던 것 같다. 결국 도망치기를 선택했다. 입대를 했고, 아무리 생각해도 좋아하는 게 만화뿐이라 미대를 갔고, 블로그에 연재하던 만화는 영 호응이 없어 아르바이트로 연명 중이다. 나름 친구들의 연락을 요리조리 잘 피하며 살아왔는데, 어느 날 면접을 보러 간 게임 회사에서 기태를 다시 만났다. 큰일 났다. 7년이 지났는데도 심장이 뛴다. 어쩌면 다시 시작할 기회 아닐까?

신기태(27세) | 이송규

컴공과 재학 시절, 각종 공모전에서 상을 휩쓸던 코딩 천재. 대기업 취직은 프리 패스일 거라던 이야기가 무색하게 현재 대표인 태오와 모바일 게임 스타트업을 시작했다. 어릴 때부터 게임에 미쳐 있던 기태에게는 당연한 선택일지도. 입력하는 그대로 출력되는 코딩처럼 학교생활도, 사회생활도 막힘없이 잘 살아왔는데 딱 하나 어려운 게 있다면 인간관계. 예측할 수 없는 변수가 너무 많으니까. 특히 완이 그랬다. 낭만적이고, 감수성 풍부하고, 세심한 완의 마음속에 뭐가 들었는지, 그 깊이는 또 얼마만큼인지 도통 알 수가 없었다. 그래서 완은 늘 특별한 친구였고, 완에게는 언제나 졌다. 완이 잠적하고 나서 처음으로 감정의 소용돌이에 빠졌다. 화가 났고, 궁금했고, 걱정했고, 배신감을 느꼈고, 보고 싶었다. 그게 좋아한다는 뜻이라는 걸 깨달았을 무렵 완의 블로그를 발견했다. 계획대로 다시 완을 만났다. 심지어 같은 회사에서 매일 부딪치며 일하게 됐다. 이제 좋아한다고 말할 차례인데 완은 여전히 어디로 튈지 모르겠다. 원래 연애가 이렇게 복잡한 거였나? 이번에는 도망가게 내버려 두지 않고, 완과 엔딩까지 가보고 싶어졌다.

이태오 (31세) | 정진우

회사 대표이자 디자이너. 취미는 농담, 특기도 농담. 보통 본인만 웃긴 실없는 소리가 팔 할이라 직원들이 대꾸도 안 해주지만, 잠들기 전에 곱씹어보면 웃겨서 자존심 상하는 그런 개그 전문이다. 대학에서 디자인을 전공했다. 농담처럼 기획자와 개발자뿐인 회사라 외롭다며 우는소리를 해댔는데, 드디어 같은 전공자인 완이 입사해 누구보다 기쁘다. 대표답지 않게 나사 빠진 듯 굴어도 결정적일 때 판단력이 빛나는 타입. 어찌 됐든 분위기 메이커인 것은 확실하다.

써니 (33세) | 성령

게임 기획자. "피곤해", "퇴근하고 싶다"라는 말을 제일 많이 한다. 전형적인 K-직장인의 모습이지만, 누구보다 회사에 애정이 많다. 대기업 게임 회사에서 개발자로 시작해, 초고속으로 인정받는 기획자가 된 엘리트. 새로 기획하는 연애 시뮬레이션 게임을 총괄하고 있다. 무뚝뚝하고 세상 돌아가는 일에 관심 하나 없어 보이지만, 사실상 모든 것을 알고 있다.

제이미 (27세) | 박시영

게임 개발자. 통통 튀는 MZ세대 그 자체다. 최근 인턴을 마치고 정식 멤버로 합류했다. 똑 부러지게 맡은 일을 해내고, 할 말은 하는 막내다. 써니와 정반대의 캐릭터로, 세상 돌아가는 일에 관심이 많아도 너무 많다. 알고 보면 그냥 사람 좋아하는, 밉지 않은 사랑스러운 인물. 먹을 것에 진심이고 본인도 인정하는 금사빠다.

모진석(27세) | 이정민

완과 기태의 고등학교 친구. 참 진에 클 석이라 진석인데, 친구들 사이에서는 참 진에 돌 석이 아니냐며 놀림을 당한다. 진짜 돌머리라는 뜻도 있고, 진짜 돌아이라는 뜻도 있다. 공부는 못하지만 참 해맑다. 눈치도 없는 편이라 시도 때도 없이 장난을 계속 날린다.

한경우(27세) | 이정찬

완과 기태의 고등학교 친구. 완과 기태 사이가 뭔가 수상하다고 느끼긴 하는데 왜 그런지는 잘 모르겠다. 완과 관련된 일이면 유독 예민하게 반응하는 기태가 유난스럽다고 생각한다. 평범한 고등학생이지만 진석보다는 공부도, 게임도 한 수 위라고 생각한다.

안 PD(37세) | 유성용

매직툰 웹툰 사업부 PD. 완의 그림을 알아보고 데뷔 기회를 제안한다.

이면(33세) | 김소영

완의 누나.

EPISODE 1

게임을

다시 시작하시겠습니까?

S#1 기태의 집, 아침

모니터 위로 'GAME OVER' 문구가 뜬다. 카메라 빠지면, 책상을 다 차지하고 있는 전문가용 모니터. 거실에 큰 책상이 놓여 있다. 책상을 가로질러 거울 앞에 선 기태. 옷을 집어 입은 뒤 머리를 위로 쓸어 올린다. 헤드폰을 목에 걸치고 책상 선반 위 향수 두 개를 보다가 잠시 고민, 첫 번째 향수를 집어 들어 뿌린다. 나갈 준비를 마친 기태. 모니터로 다가와 빠른 손놀림으로 코딩 문구를 입력하다가 탁- 엔터를 치고는 현관으로 향한다. 운동화 끈을 꽉 묶고는 헤드폰을 쓰는 기태. 경쾌한 음악. 기태가 중문을 열고 나가면, 카메라는 협탁에 놓인 그림(완이 예전에 그린 그림, 소품)과 필름 카메라를 훑는다. 필름 카메라에서 터지는 플래시.

S#2 거리, 아침

경쾌한 음악에서 이어지는 신. 버스 정류장을 향해 황급히 달려가는 완. 정장 차림으로 구두를 신었다. 정리되지 않은 옷매무새, 땀이 흐른다. 눈앞에서 버스를 놓친 후 좌절한다. 정류장의 버스 노선을 살피지만 잘 모르겠다는 표정. 핸드폰과 주변을 살피며 숨을 헐떡인다. 뒤이어 다른 버스가 다가오자, 안도의 미소를 지으며 버스 쪽으로 헐레벌떡 달려간다.

S#3 엘리베이터 앞 복도/엘리베이터 안, 낮

헤드폰을 쓴 채 엘리베이터 앞에 선 기태. 그때 회사 입구 회전문 쪽에서 인기척이 나고, 기태 의식하듯 살짝 고개를 돌린다. 핸드폰을 들어 올려 음악 볼륨을 0으로 만드는 기태의 손. 회사 입구 쪽, 완이 어리숙하게 회전문을 통과해 요란스럽게 뛰어오고 있다. 다시 시선을 앞쪽으로 고정하는 기태.

기태   (Na) 언젠가 오늘 같은 날을 상상해본 적 있다.

　　　　　Ins. 기태의 회상/학교 교문
　　　　　지각해 급하게 뛰어오는 완의 모습 (소리로 "뛰어. 지각이야")

기태, 살짝 고개 숙이며 미소 짓는다. 문이 열리는 소리에 엘리베이터에 타는 기태.

완   (다급하게) 잠시만요! 잠시만!

완이 닫히려는 엘리베이터 문을 향해 소리 지르며 달려온다. 열림 버튼으로 다가가는 기태의 손. 점점 닫히던 엘리베이터 문이 완의 다급한 목소리에 다시 열린다. 완이 달려오는 모습을 천천히 눈에 담는 기태. 완이 올라타자 시선을 아래로, 고개를 숙인다.

완   (숨 헐떡이며) 아, 감사합니다. (목소리 줄어들며 조심스럽게) 제가 조
       금 늦어서요…

헤드폰을 끼고 있는 기태의 뒷모습. 완 쪽으로 돌아보지 않고 애써 무표
정하게 표정을 관리하는 기태.

완   (Na) 오늘같이 중요한 날에도.

슬쩍 곁눈질하며 완이 쳐다보는 기척을 느낀 기태. 얼른 핸드폰을 들여
다보는 척한다. 그리고 기태가 맞는지 아닌지 자꾸 흘끔흘끔 쳐다보는
완. 하지만 기태의 얼굴이 잘 보이지 않는다.

완   (Na) 불쑥 그 앨 닮은 뒷모습을 마주친다.

    Ins. 완의 회상/교실, 낮
    헤드폰을 끼고 게임에 열중하는 기태 뒷모습.

    Ins. 완의 회상/옥상, 낮
    꽃다발을 흔들며 환하게 웃는 기태 뒷모습.

땡 소리와 함께 엘리베이터 문이 열리고, 그제야 버튼을 누르지 않았다
는 사실을 깨닫고 허둥지둥 몇 층인지 확인하는 완. 기태 먼저 내리고,
다행히 옆의 남자와 같은 층에서 내린다는 사실을 알게 된 완은 남자의
뒷모습을 보며 급하게 따라 내린다.

S#4 사내 회의실, 낮

회의실 문을 열고 조심스럽게 들어오는 완. 회의실 테이블에 앉아 있던
태오가 일어서 완을 반긴다.

태오   (완에게 반갑게 악수를 청하며) 안녕하세요! 연락드렸던 리트라이

　　　　대표 이태오입니다.

완　　　(90도 폴더 자세 취하며) 안녕하십니까! 이완입니다! (기합이 잔뜩 들

　　　　어 있다)

태오   (씩 웃으며) 아이고, 긴장하셨다! (너스레 떨며) 편하게 해요. 아, 한

　　　　분 더 들어오실 거예요.

완　　　(긴장) 네.

태오   그… 곧 들어오실 분은 저보다 잘생겼어요. 젊고. 근데 그럼 뭐

　　　　해, 제가 대표예요. 제가.

긴장을 풀려는 듯한 태오의 익살스러운 너스레에 따라 웃어 보이는 완.
그때, 문이 거침없이 열리고

태오   어, 왔다.

완, 문 쪽을 바라보면

태오   이쪽은⋯ (기태를 바라보며)

기태가 문을 닫고 뒤를 돌아 얼굴을 보이면 완, 눈을 질끈 감았다 천천히
다시 뜬다. 믿기지 않는다는 표정. 기태의 빛나는 얼굴에서 Cut to.

     Ins. 완의 회상, 완의 방/낮
     헤드폰을 끼고 게임에 열중하는 기태 뒷모습에서 Cut to. 기태
     가 고개를 돌리면 환히 웃고 있는 기태의 얼굴.

     Ins. 완의 회상, 졸업식
     꽃다발을 흔들며 환하게 웃는 기태 뒷모습에서 Cut to. 기태가
     고개를 돌리면 환히 웃고 있는 기태의 얼굴.

기태   (완에게 손을 내밀고) 기획, 개발 하고 있는 신기태입니다.

완   (Na) 틀렸다. 그 앨 닮은 사람이 아닌 그 애다. 오랜 내 업보. 신
        기태.

멍한 표정으로 기태를 쳐다보는 완. 태오는 갸웃한 표정. 완은 여전히 악
수를 하지 못하고, 기태의 손과 그의 목에 걸린 사원증을 한참 바라보고
있다. 기태의 사원증에 '에디'라고 적혀 있다.

기태   저기… (손을 더 내밀어 완에게 악수를 해버린다)

완   (화들짝 놀라) 아… 네, 어… 죄송합니다.

태오   (적막을 깨는 태오의 웃음 섞인 목소리) 자, 이제 시작할까요.

그제야 자리에 앉는 세 사람.

태오   블로그에 업로드하신 웹툰 잘 봤어요. 블로그 보고 여기저기서
        연락 많이 왔죠? 그림은 언제부터 그리신 거예요?

완   (당황해 태오 보고) 아, 본격적으로 시작한 건 입시 준비… 아, 사실
        그전부터, 그 제가…

태오   (웃으면서) 긴장 푸시라니까. 설명해드렸듯이 이번에 저희가 기
        획하고 있는 게임이 연애 시뮬레이션이에요. 전작이랑 같은 인
        터랙티브 게임인데 학원물에 여성향이라… 이완 씨 웹툰 보고
        딱 이거다 싶었어요. 다른 놈들이 채가기 전에 바로. 연락했죠.

기태   (얼빠져 고개만 끄덕이는 완의 정수리를 뚫어져라 보면서) 저희 전작은 해

보셨어요?

완   (떨리는 목소리로) 어… 네, 해봤습니다.

기태   (완의 눈 똑바로 마주치며) 엔딩은요?

완   아, 엔딩. 그게 제가 정확히 잘 기억나진 않는데 (기태의 눈 마주치

며 동공 지진)

기태   (완의 눈을 피하지 않고)

완   …아마 건물에서 탈출하는 엔딩이었던 것 같아요.

기태   아. (힘주어) 도망치는 엔딩?

완   (왜 그런지 몰라 주눅) 네, 건물에서 도망치는… 네, 도망쳤던 것 같

습니다.

태오   (둘을 번갈아 보며 눈치 보다가 오버하며) 저희 게임 재밌었죠? 그쵸!

완   네… 어, 재밌었어요.

완, 대답은 하는데 얼이 빠져 있다. 흔들리는 눈으로 기태 쳐다보는

태오   자, 우리 완 씨. 그림은 말해 뭐 해. 너무 좋고. 그, 회사 생활은

처음이신거죠?

완   네…

기태   (툭 치고 들어오며) 몇 가지 질문 드릴게요.

완   (다시 기태 쪽으로 바라보며) …

기태   회사가 원하는 스타일의 그림과 이완 씨가 그리고 싶은 그림이
            다르면 어떻게 하실 거예요?

완   그, 우선 절충안을 내보고… 최대한 맞춰가는 방향으로 진
            행을…

기태   절충이 안 돼요. 하나는 포기해야 해요. 그럼?

완   (자신감 없는 목소리로) 어, 음… 그러면 (체념조) 회사에서 원하는
            스타일대로 작업할 것 같습니다…

기태, 완을 뚫어지게 쳐다보며 계속 질문한다.

기태   그럼 두 번째요. 만약 프로젝트 중에 다른 데서 스카우트 제의
            가 온다면 어떻게 하시겠어요?

완   만약 너무 좋은 제안이면, 프로젝트가 끝날 때까지는 기다려달
            라고…

기태   (말 끊으며) 당장 선택하지 않으면 기회가 날아가요. 미룰 수 없
            어요. 이러면 어때요?

완   그게, 그러니까… (고민하다 입술을 깨문다)

기태   (완의 대답을 더 기다리지 않고) 네. 뭐, 알겠습니다. 저희 목표는 어
            플 출시입니다. 주어진 기간은 3개월. 야근도 많고, 의견이 부
            딪칠 일도 많을 거예요. 그렇다고 (강조하며) 중간에 도망치시면
            같이 일하기 어렵습니다. 3개월만 눈 딱 감고 버티면 돼요.

완   …

태오   (굳은 분위기 풀기 위해 더 과장하며) 괜히 겁주는 거예요. 너무 부담
        가지실 필요 없어요. 저는 뭐 매일 도망갑니다. 하하하.

기태, 고개를 들어 완과 다시 눈을 마주친다. 완, 태오 쪽은 바라보지도
않고 기태와 눈을 마주친다. 완의 심장 소리 크게 들리고

완   (Na) 언젠가 다시 만날 순간을 상상해본 적 있다. 하지만 이렇
        게는 아니었다.

S#5   8층 엘리베이터 앞 복도/엘리베이터 안, 낮

태오   (완에게 두 손으로 악수 건네며) 수고 많았어요. (눈 찡긋) 늦지 않게 문
        자 드릴게요.

완   (여전히 얼빠져 있는) 네… 네.

태오   조심히 들어가요. (기태 쪽을 보며) 에디가 1층까지 데려다줄래요?

완   (놀라서 손사래 치는) 아뇨. 아뇨, 아뇨. 괜찮습니다.

태오   (기태에게 카드를 건네며) 아~ 에디가 아까 게임 져서 어차피 갔다
        와야 해요. 겸사겸사. 괜찮죠, 에디? (기태에게 눈짓한 다음, 완에게 인
        사하며) 그럼 전 일이 있어서~

태오, 도망치듯 사무실로 들어간다. 그때 기태에게 빠르게 달려오는 제
이미.

제이미 에디~ 저도 같이 가요!

웃으며 기태 옆에 찰싹 달라붙은 제이미. 궁금한 듯 또랑또랑한 눈으로
완 쪽을 곁눈질하고, 완과 기태는 말없이 어색하게 서 있다. 엘리베이터
문이 열리고 먼저 타는 기태와 제이미.

기태 안 타고 뭐 해요?
완 네… 네! (황급히 엘리베이터에 올라타고)

기태, 1층 버튼을 누르고 완과 다시 나란히 선다. 제이미와 기태, 화기애
애하게 대화를 이어 나간다.

제이미 (명랑하게) 에디, 어제 왜 그렇게 빨리 도망가셨어요? 에디 일찍
        가서 완전 노잼이었어요.
기태 버그 수정할 게 있어서요. 미안.
제이미 다음 회식은 무조건 가야 돼요. 약속!

완은 둘의 말소리를 의식하며 어색하게 정면을 보고 서 있다.

기태 (갑자기) 아, 이완 씨.

완   (깜짝 놀라) 네?

기태 애인 있어요?

완   (기태 쪽으로 천천히 돌아보며) 네?

기태 애인 있냐구요.

완   …

제이미 (본인이 더 당황해 괜히 웃으며) 와우, 우리 회사 진짜 프리하다.

기태 (제이미에게 반응하지 않고 완만 본다) 우리가 만드는 게임이 연애 시
    뮬레이션이니까요. 궁금해서.

완이 당황해서 기태 쳐다보는 사이 땡! 엘리베이터 도착했다는 소리 들리고 문이 열린다.

완   전 여기서 먼저 내려야 해서, 그럼 안녕히 계세요… (엘리베이터
    내린다)

제이미 어, 여기 1층 아닌데…

층수도 확인하지 않고 내려버린 완. 뒤돌아보지 않고 도망치듯 사라진다.

제이미 (발랄한 목소리로) 또 봐요~

엘리베이터 문이 완전히 닫힌다. 긴장이 확 풀리는 완. 다리 힘이 풀린 듯 무릎 꺾이고, 목을 조이고 있던 넥타이를 느슨하게 푼다. 후- 숨을 뱉어내며 얼굴을 감싼다.

완 (감싸고 있던 얼굴을 들며) 미치겠네. 진짜.

S#6 회사 3층 로비, 낮

난간에 기대서서 급하게 검색해보는 완. 초조하게 손톱을 물어뜯는다.

완 (당황해서 혼잣말하며) 내가 분명 오기 전에 회사 찾아봤는데…

회사 조직도에 사진 없이 닉네임(태오, 에디, 써니, 제이미)만 쓰여 있다.

완 (울상) 이걸 몰랐네. 신기태 닉네임이… 에디.

완이 머리를 부여잡고 좌절한다. 그때 울리는 전화. 누나 연이다.

연 야, 면접 끝났어? 어땠어?
완 …망했어.

연   그럼 빨리 대전 내려와. 식당에 손님이 너무 많다. 동생아, 너무
       보고 싶다.

완   아니, 언젠 올라가서 다신 내려오지 말라며. 언제까지 집에서
       그림만 그릴 거냐고 쫓아낸 게 누군데.

연   그건 면접 붙었을 때나 해당하는 얘기고. 아니다 싶으면 바로
       내려와. 근데 진짜 떨어질 것 같아? 웃기네 그놈들. 지들이 먼
       저 불러놓고.

완   아, 몰라… 나도 좀 그래. 좀 불편한 사람도 있고…

연   누구? 누가 괴롭혔어?

완   누나… 신기태 기억나?

연   신기태? 기태! 네 베프. 기억나지. 맨날 우리 집 와서 게임 했잖
       아. 걔가 거기 다녀?

완   그랬더라… 몰랐어…

연   (호들갑) 야, 너무 잘됐다. 친구 좋다는 게 뭐야? 일 좀 시켜달라
       그래, 응?

완   (작게) 친구…

S#7 엘리베이터 앞/안, 낮

커피를 받아 들고 엘리베이터 앞에 서는 기태. 제이미, 자신의 음료를 마

시면서 혼잣말처럼

제이미   아니, 캐릭터 그리는 사람이 아니라 그냥 본인이 캐릭터잖아.
          너무 귀엽잖아.
기태   귀엽다고요?
제이미   네, 완전! 약간 사슴 상인데요?
기태   뭔 소립니까.
제이미   밤비! (눈 동그랗게 뜨는 흉내) 눈이 이렇게 똥그래가지고. 아무튼
          너무 귀여우시네. 아예 이 회사에 뼈를 묻으셨으면 좋겠다.

엘리베이터에 타는 기태와 제이미. 기태, 엘리베이터 창 너머로 시선을
주다가 엷게 웃는다.

S#8 회사 건물 로비, 낮

전화하고 있는 완. 마침 바깥 투명 엘리베이터 안에 커피를 받아 올라가
는 기태와 제이미가 보인다. 두 사람 화기애애하게 대화하는 것으로 보
인다. 둘을 보고 깜짝 놀라 눈이 동그래진 완, 황급히 전화를 끊고

완   누나, 나중에 얘기해. 전화할게. 일단 끊어.

연　　야, 대전 내려올 거면 빨리 와라 시간 낭비 말고…

기태, 엘리베이터 너머로 완을 발견한다. 완, 기태와 혹시라도 눈이 마주칠까 재빨리 뒤를 돌아 도망치듯 빠른 걸음을 한다.

완　　(Na) 7년 만에 망한 첫사랑을 만났다. 그것도 회사 면접에서.

S#9 과거 완의 집 앞, 낮 (회상)

(자막) 7년 전.

이삿짐이 실린 용달차가 완의 앞에 서 있다.

완　　(Na) 우리 집은 갑자기 망했고. 대뜸 대전에 있는 고모 집이 우리 집이 되었다.

용달차 조수석에 앉은 연, 얼굴에 난 눈물 자국. 차를 타지 않고 버티고 있는 완을 향해 소리 지른다.

연　　너 진짜 안 탈 거야? 웬 고집이냐. 사춘기도 아니고.

완, 자신의 짐이 담긴 큰 백팩을 멘 채로 필름 카메라만 만지작거린다.
그러다 핸드폰 진동. 핸드폰을 열어 문자를 확인하는 완.

Ins. 문자 메시지
졸업식 끝나고 애들이랑 술 마시자. 빠지면 안 됨! 아, 카메라
챙겨와ㅋㅋ -기태

연   빨리 타, 임마!

완, 갑자기 결연한 표정으로 달리기 시작한다. 손에는 아까 들고 있던 카
메라가 그대로. 뒤에 기사님과 연이 완을 부르는 소리 들리고

기사   학생!
연   야! 어디 가!
완   따라갈게, 누나 먼저 가!
완   (Na) 불행하게도 이게 내 스무 살의 시작. 그래도 마지막으로
          확인하고 싶은 게 있었다.

S#10 고등학교 옥상, 낮/졸업식 날 (회상)

옥상에 버려진 소파에 걸터앉아 심각한 표정으로 핸드폰을 들여다보고 있는 기태. 기태 옆에는 졸업장 두 개와 꽃다발이 널브러져 있다.

경우	야, 안 오나 봐. 그냥 가자.
진석	(방정맞게) 우리 여기 있는 거 모르는 거 아냐?
기태	(초조한 듯) 아니야… 올 거야.
경우	걔, 어디 재수 학원 같은 데 짱박힌 거 아냐? 우리 반에 누구냐, 그 부반장도 재수 학원 가 있느라 졸업식 안 오고 잠수 탔잖아.
기태	그런 거면 미리 말을 했겠지, 새끼야.
경우	뭐야, 둘이 사귀냐? 왜 이렇게 유난이야.
기태	(고개 확 들어 둘 쳐다보며) 뭐?
진석	아니, 왜 정색을 하고 그래… 네가 하는 꼴이 그렇다고~
기태	(초조하게 다리 떨며 다시 핸드폰에 시선 고정하며) …

그때, 낡은 옥상 문 열리고. 급하게 달려온 듯 숨을 몰아쉬는 완.

기태	(벌떡 일어나 이제야 웃어 보이는) 야! 안 오는 줄 알았잖아! 뭐 하다 이제 왔어!
완	(여전히 숨 헐떡거리며 기태에게 다가가는) 미안… 사정이 좀 있었어.

기태   (다정하게) 왔으면 됐어. (완의 손에 들린 카메라 보고) 가져왔네?

완   어…? 어…

기태, 완의 손에 들린 카메라를 빼앗아 진석의 품에 확 쥐어 주고는 완을
데리고 가 난간에 기대선다.

진석   내가 또 기가 막히게 찍지.

기태   (완 끌어당겨 어깨동무하며) 완아, 저기 봐.

기태, 진석이 가지고 있는 카메라를 가리킨다. 뷰파인더 속에 어정쩡하
게 서 있는 완과 웃고 있는 기태. 찰칵, 한 장이 찍힌다.

기태   한경우, 나 저 꽃다발 좀 줘봐. 졸업장이랑.

경우, 귀찮다는 듯 꽃다발과 졸업장을 가져다준다. 기태, 전해 받은 꽃다
발을 완의 품에 안겨주고

기태   네가 꽃 들면 되겠다. 자, 다시 저기 (카메라 쪽으로 손짓하며) 카메
            라 보고.

진석   야, 찍는다?

기태   (진석에게) 어! (곧이어 완의 등을 두드리며) 좀 웃고, 응? 하나, 둘, 셋!

뷰파인더 속에 활짝 웃는 기태와 꽃다발을 들고 어색하게 웃는 완. 다시
찰칵, 한 장이 찍힌다. 사진을 찍고, 여전히 웃으며 어깨동무를 한 채로
완의 귀에 대고 속삭이는 기태.

기태   졸업 축하한다. 앞으로도 잘 부탁해.

그런 기태의 얼굴 바라보는 완. 기태, 진석에게서 필름 카메라를 받아 들
어 완의 목에 걸어준다.

기태   가자.
완   어딜?
기태   오늘 얘네랑 술 마시기로 했잖아.

이미 내려갈 채비를 하고 옥상 문 앞에 서 있는 경우와 진석.

경우   야! 빨리 와!
진석   아, 배고파.

기태, 완을 데리고 둘을 따라가려 하는데, 완이 옷자락을 붙잡는다.

완   잠깐만.

기태   응?

완   나 할 말 있는데…

기태   뭔데? 가면서 해. 나 배고파.

완   너한테만, 할 얘기야.

기태   뭔데 또 진지하지? (경우와 진석에게) 야! 먼저 가고 있어!

진석   왜, 또 뭔데?

기태   아, 금방 따라갈게~

투덜거리며 문을 열고 나가는 경우와 어리둥절하게 떠밀려 같이 문을
닫고 나가는 진석. 옥상에 둘만 남게 된 기태와 완.

기태   뭔데. 이제 얘기해봐.

완, 연신 발끝으로 바닥을 문지르다가 고개를 들어 기태를 본다.

기태   뭔데 이래. 너 무슨 일 있…

완   …좋아해.

완   (Na) 얘가 생각하는 우리가, 내가 생각하는 우리와 같은지.

기태   (잠깐의 공백 후 웃고는) 나도 너 좋아해.

완   그런 게 아니라, 내가 좋아한다는 건… (큰 결심한 듯) 이런 의
       미야.

눈을 질끈 감고 기태에게 다가가는 완. 그런 완의 입맞춤에 눈이 동그랗

게 커진 기태.

1부 쿠키|

S#11 기태의 집, 아침 (S#1과 동일)

남겨진 거실. 게임 창 위로 'GAME OVER' 문구가 'GAME RESTART?'
로 바뀌며 Cut to. 카메라 게임 창 화면으로 줌 인. 레트로풍의 게임 화
면. 기태와 완의 고등학교 시절 모습들이 폰 비디오 질감으로 빠르게 편
집되어 보여진다. 그 위로 뜨는 게임 문구.

"실패한 사랑을 다시 시작하시겠습니까?"

'YES' 버튼이 깜빡인다.

EPISODE 2

S#1 고등학교 옥상, 낮 (1부 S#10과 동일)

기태   뭔데. 이제 얘기해봐.

완, 연신 발끝으로 바닥을 문지르다가 고개를 들어 기태를 본다.

기태   뭔데 이래. 너 무슨 일 있…
완   …좋아해.
완   (Na) 얘가 생각하는 우리가, 내가 생각하는 우리와 같은지.
기태   (잠깐의 공백 후 웃고는) 나도 너 좋아해.
완   그런 게 아니라, 내가 좋아한다는 건… (큰 결심한 듯) 이런 의미야.

눈을 질끈 감고 기태에게 다가가는 완과, 그런 완의 입맞춤에 눈이 동그랗게 커진 기태. 기태, 당황해 완을 밀어낸다.

기태   (당황해) 어… 야, 너…
완   (기태의 반응에 자기가 더 놀라 뒷걸음질 치며) 아… 저기…
기태   잠깐만, 그…
완   미안. 갈게.

완, 등을 돌려 옥상 문을 열고 도망치듯 빠르게 뛰어 내려가고

기태   (완의 뒷모습에 대고) 야! 이완! 야!

잡을 새도 없이 가버린 완에 얼떨떨한 기태. 닫힌 옥상 문만 바라본다.

S#2 학교 안 비밀 창고, 낮

학교 가장 구석진 곳, 비밀 창고의 문이 열린다. 헐떡이는 숨을 고르며 창고 안으로 들어가는 완. 필름 카메라를 만지작거리며 고개를 숙이고 거친 숨을 몰아쉰다. 미칠 듯이 뛰는 가슴을 만지다가 이내 울컥한다. 고개를 떨구고 필름 카메라를 보다가, 이내 카메라를 창고에 두고 가버리는 완의 뒷모습. 창고에 버려진 필름 카메라 Ins.

S#3 학교 운동장, 저녁

불 꺼진 학교 운동장. 발 닿는 대로 정처 없이 뛰어다니는 기태. 완에게 전화를 걸지만 꺼져 있는 완의 핸드폰.

기태   야, 이완! 완아!

답답한 마음에 운동장에 대고 소리치지만, 아무 반응 없는 텅 빈 학교.
그때 울리는 전화, 기태 바로 받으면

기태   이완?

경우   야. 너네 어디야. 몇 시간이 지났는데도 왜 안 오냐.

기태   (한숨) 야, 너 완이네 집 번호 알아? 누나 번호나?

경우   걔 또 뺑기쳤냐?

기태   아냐고, 번호.

경우   야, 네가 모르면 누가 알겠냐. 걔에 대해서. 아, 됐고 빨리 술 마
           시러 와.

기태, 전화를 툭 끊어버린다. 머리를 쓸어 넘기는 기태의 답답한 표정.

S#4 대전 고모네 호프집, 밤

(자막) 2015년 8월 8일. 스무 살의 우리.

시끄러운 호프집 안. 앞치마를 두르고 생맥주 탭을 당기며 능숙하게 따

르고 있는 고모와 연. 생일 축하 노래를 부르는 대학생 손님들의 목소리 들린다. 정신없어 보이는 연, 호프집 구석 자리에 앉아 남은 안줏거리를 먹으며 그림 그리는 완을 부른다.

연   동생아, 고모 허리 나가신다. 와서 좀 돕지? 어?

완, 아랑곳 않고 그림을 그리고 있는데 그때

대학생들   생일 축하합니다~ 생일 축하합니다~ 사랑하는 신기태~ 생일
          축하합니다. 자, 생일주, 생일주!

신기태라는 말에 완의 그림이 멈춘다. 고개를 돌려 대학생 무리 속 기태 의 뒷모습에 시선이 박힌다. 그때 연, 완에게 다가와 맥주 두 잔을 쾅 내 려놓으며 서빙하라는 무언의 압박을 던진다. 일어나는 완, 맥주잔을 들 고 테이블에 가 기태의 뒤에 선다. 조심스레 내밀어지는 맥주잔. 뒤돌면 기태와는 전혀 다르게 생긴 기태(동명이인)의 얼굴.

대학생 1 뭐야, 사장님도 같이 드시고 싶으세요? 잘생긴 사장님도 같이
          짠?

동명이인 기태, 장난스러운 얼굴로 완에게 짠 한다. 어딘가 서글픈 표정

의 완.

완   (Na) 네가 올 리 없지만, 자꾸 너를 기대하는 내가 싫었다.

부딪히는 맥주잔.

S#5 대학가 술집, 밤

부딪히는 맥주잔들. 이번엔 기태의 스물. 여자 다섯에 남자 다섯, 과팅 자리. 다들 얼큰하게 취해 꼬부라지는 혀로 손병호 게임을 하고 있다.

여대생 1 (노골적으로 기태를 쳐다보며) 난 여기서 좋아하는 사람이 있다.

취한 듯한 기태, 손가락을 접지 않는다. 실망한 듯한 여대생 1의 얼굴.

여대생 2 에이씨. 기태 이상형 여기 없나 봐. 자, 그럼 나는 사실 숨겨둔
          애인이 있다! 자, 손 접어, 접어.

기태, 술에 취해 픽 웃으며 손을 내린다. Cut to.

왁자지껄 떠드는 대학생들을 뒤로하고 술집 밖으로 나온 기태.

기태   (Na) 이상했다. 나를 좋아한 건 걔고, 밀어낸 건 난데. 사라진 건
               걔고, 남겨진 건 나라는 게.

핸드폰을 열어 완과 나눈 메시지를 다시 살펴보는 기태.

      Ins. 완과 기태가 나눈 문자 메시지
      야, 나 너희 집에서 자도 되냐? -기태
      안 돼. 누나 있어. -완
      수능 잘 봐! -완
      너도 오늘은 자지 말고 시험 끝까지 봐라. 수능임. -기태
      알아서 할 거니까 신경 끄셈___ -완
      내일 졸업식 끝나고 애들이랑 술 마시자. 내일은 빠지면 안 됨!
      아, 필카 챙겨와 ㅋㅋ -기태

기태, 씁쓸하게 메시지 창을 훑다가 그대로 완에게 전화 버튼을 누르지
만 "이 번호는 없는 번호입니다"라는 안내음만 들릴 뿐이다. 한숨 쉬는
기태.

기태   미친놈. 나타나기만 해봐라.

S#6 대전 고모네 호프집, 저녁

(자막) 스물네 살의 우리. 2019년 8월 8일.

텅 비어버린 고모네 호프집. 연과 완이 멀찍이 떨어져 앉아 있다. 연, 눈물을 훔치며

연   넌 부를 사람 없어? 기태라도 부르지. 고모한테 기태는 보여드려야 되지 않겠냐.

완, 멀뚱이 앉아 있다가 핸드폰 화면 메시지 창에 기태의 번호를 입력한다.

[고모가 돌아가셨어…]

완, 떨리는 손으로 문자를 쳤다가 이내 전송 버튼을 누르지 못하고 메시지 창을 나간다.

완   (Na) 믿을 수 없이 슬플 때에도,

S#7 빈 사무실, 저녁

기태   (Na) 또 믿을 수 없이 기쁠 때에도,

이번엔 기태의 스물넷. 태오와 기태, 서너 명의 동료 대학생들이 빈 사무실에서 축하 파티를 하고 있다.

태오   (기쁨의 눈물을 흘리며) 연애 대신 컴퓨터를 선택한 우리. 오늘! 드디어! 창업 지원에 성공했다!

동료들의 하이 텐션 환호성.

태오   (울먹) 얘들아, 난 학교를 10년 다녔다. 내 젊음, 내 사랑… 그 결실이 오늘 이뤄지…
대학생 1 아, 형 그만하고! 오늘은 맘껏 마시자구요.
태오   이씨, 오늘은 말리지 마!
대학생 2 자, 짠! 짠! 신기태 너도 한마디 해, 어?

다시 환호성과 야유. 기태, 동료들과 어울리지 않고 멀뚱이 앉아 있다가 핸드폰 화면 메시지 창을 들어가면 S#5에 나왔던 지난 완과의 메시지들. 메시지 창에 조심스레 적는 글자.

[완아.]

기태, 떨리는 손으로 문자를 썼다 지웠다가 이내 전송 버튼을 누르지 못하고 메시지 창을 나간다.

완, 기태   (Na) 너에게 연락하지 못했다.

S#8 기태의 집 서재, 밤

(자막) 스물여섯 살의 우리. 2021년 8월 8일.

서재 책상 위, 리트라이 사원증과 코딩 자료들이 놓여 있다. 기태, 밤늦은 시간이지만 컴퓨터 앞에 앉아 있다. 턱을 괴고 피곤한 얼굴이다. 모니터 화면 불빛만 밝게 빛나고. 화면에 뜨는 게임 레퍼런스용 그림들. 게임 디자이너의 그림들이 다 마음에 들지 않는 기태의 영혼 없는 눈빛. 그러던 중 그림 하나를 발견한다. 의자를 고쳐 앉고 컴퓨터 화면 앞으로 확 다가서는 기태.

S#9 고모네 호프집, 밤

완   (Na) 네가 생각날 때마다 그림을 그리다 보니 어느새 그림은 내
        전부가 되어 있었고.

이번엔 완의 스물여섯. 블로그에 웹툰을 기재하고 있는 완. 어느새 몇백
페이지가 넘어 있다. 제법 정교하고 스타일리시한 그림들.

완   (Na) 너로 시작한 그림이지만, 때론 그림을 통해 네가 아닌 다
        른 세계로 갈 수 있을 것 같았다.

그때, 블로그에 달린 댓글 알림.

[게임보이: 그림이 너무 좋아요.]
[게임보이: 이 그림을 볼 때면 기분이 편안해져요.]
[게임보이: 작가님의 마음이 가는 대로. 솔직하게. 그려봐요. 그게 제일
좋은 그림이겠죠.]
[게임보이: 앞으로 블로그 말고도 다양한 활동 더 해주세요, 작가님.]

완   (Na) 그리고 내 그림에 응답하는 사람들이 생겨났다.

게임보이 아이디의 댓글 알림에 엷은 웃음이 스치는 완. 그때, 울리는 완의 핸드폰.

[매직툰 웹툰 사업부입니다. 이완 작가님은 '신진 작가 양성캠프' 최종 면접 대상자로 선정되었습니다.]

함께 첨부되어 있는 안 PD의 명함. 완의 얼굴에 웃음이 서린다.

완   (Na) 이젠 나도 너를 잊고 다른 세계로 갈 수 있을지도 모른다.

S#10 매직툰 웹툰 사업부 사무실, 낮

(자막) 스물일곱 살의 우리. 2022년 8월 7일. 리트라이 게임 회사 면접 D-1.

마주 앉아 있는 완과 안 PD. 완, 긴장한 표정이고 안 PD, 태블릿 PC를 넘겨 보고 있다.

안 PD   이번에 경쟁률이 굉장히 셌어요. 신진 작가가 데뷔하기에 최적의 컨디션이기도 하고, 또 해외에 체류하며 다양한 경험을 쌓을 수 있다는 메리트 때문에 많이들 지원했죠.

완   네, 기회 주셔서 감사합니다.

안 PD   그리고 완 씨는 우리 쪽에서 먼저 블로그 보고 컨택하기도 했
           고 1, 2차 때 냈던 그림도 너무 좋았고. 그래서 꼭 데리고 가고
           싶었어요.

완   …네.

안 PD   캠프 들어가면 최소 1년은 해외 체류인데, 괜찮아요?

완   네, 괜찮습니다.

안 PD   진짜 괜찮아요?

완, 안 PD의 속을 꿰뚫어 보는 눈빛에 잠시 흔들린다.

안 PD   그럼 그릴 때 뭐 먼저 그려요?

완   어… 주로…

안 PD   (다 안다는 듯 여유로운 미소)

완   얼굴부터 그립니다.

안 PD, 태블릿을 집어 들어 완의 웹툰 속 주인공의 얼굴을 확대한다.

안 PD   이 얼굴… 완씨 웹툰엔 얼굴이 하나밖에 없어요. 모든 인물의
           얼굴이 다 똑같아요. 다 똑같은 표정. 다 똑같은 얘기.

완, 태블릿 속 자신의 그림을 물끄러미 바라본다.

안 PD   이 캐릭터를 못 버리겠어요?

완   …….

안 PD   우리 캠프엔 다양한 스펙트럼을 가지고 다양한 그림을 그릴 수
       있는 작가가 필요해요. 하나의 이야기와 감정에만 매몰되어 있
       는 작가는, 단 하나의 얼굴밖에 그릴 수 없어요.

안 PD, 명함을 가리키며

안 PD   완 씨. 이번 캠프는 같이 못 가겠지만, 곧 뵙기를 바랄게요.

자리에서 일어나려는 안 PD에게

완   피디님, 그래도 감사했어요. 몇 년간 블로그에 다신 댓글 덕에
       용기 많이 얻었어요.

안 PD   댓글…?

완   게임보이요.

안 PD   …게임보이?

완   제 블로그에 계속 댓글 다신 거 안 PD님 아니신가요…? 게임
       보이.

안 PD   (어깨 으쓱) 전 아닌데요.

완   …….

어리둥절한 완의 얼굴에서 Cut to. 허무하게 미팅을 끝내고 나온 완.

완   (혼잣말) 그나저나 게임보이는 누구야.

완, 자신의 블로그에 달린 게임보이의 댓글들을 천천히 살펴본다. 그때, 울리는 전화. 완, 기계적으로 전화를 받으며

완   어, 누나. 나 대전 내려간다.

태오   저, 안녕하세요.

완   누구…

태오   게임 회사 리트라이 대표 이태오입니다. 캐릭터 원화 작업 건으로 한번 만나뵙고 싶은데요. 블로그 '만화 일기' 통해 컨택했구요. 저희가 일정이 좀 급해서. 내일 오전 11시 미팅 어떠실지요.

완의 어리둥절한 표정.

완   (Na) 하늘에서 툭 떨어진 것 같은 이 엇갈린 기회. 이 기회가…

S#11 공원, 밤

[리트라이 대표 태오입니다. 잘 들어가셨는지요. 이번 건 함께 작업하시죠, 작가님^^]

완, 문자를 보며 혼자 맥주 캔을 들이켠다. 벌게진 얼굴. 문자 창 위로 고민하는 완.

    Ins. EP1-S#4 기태와 마주하던 순간

완   어떻게 이래. 거기서 네가 왜 나와…….

완, 맥주 캔을 다시 들이켠다. 자신의 블로그에 들어가 지나간 모든 그림들을 살펴본다. 그때 과거에 달린 게임보이의 댓글 하나.

[이번 화도 너무 재밌네요. 주인공 이안이 다음 화에선 안 도망쳤으면 좋겠어요. 개인적인 의견이지만요.]

완의 얼굴에 미소가 스친다. 완, 게임보이의 댓글에 답글을 단다.

[누구신진 모르겠지만 응원 늘 감사합니다. 이번엔 안 도망쳐볼게요.]

완, 결연한 표정으로 태오에게 답신을 한다.

    Ins. 문자 내용.

    언제부터 출근하면 될까요?

고민하다가 전송 버튼을 누르는 완.

S#12 기태의 집, 밤

모니터 위로 완의 블로그 속 대댓글이 보인다.

[누구신진 모르겠지만 응원 늘 감사합니다. 이번엔 안 도망쳐볼게요.]

모니터를 바라보고 있는 기태의 얼굴.

기태   (혼잣말) 무슨 7년이 걸리냐.

기태, 자리에서 일어나면 반짝이는 모니터 불빛. 기태의 모니터 화면 속
에 완의 블로그, 게임보이 아이디에 커서가 가 있다. 뒤로 보이는 완의
필름 카메라. 플래시가 켜진다.

S#13 학교 안 비밀 창고, 낮

플래시가 켜지며 가장 앳돼 보이는 나이의 완. 구석진 비밀 창고에 앉아 필름 카메라를 만지작거리고 있다. 그때 완의 뷰파인더 화면에 누군가가 들어와 서는데, 다름 아닌 기태다. 급히 카메라를 내리는 완. 기태와 완의 눈이 마주친다.

완	아. 미안.
기태	…?
완	아, 이게 여기 있길래. 주웠는데, 진짜 되네.
기태	나 찍어줘.
완	갑자기?
기태	(웃음) 나 찍어줘. 자, 브이!

기태의 천진한 브이. 완, 후레쉬를 터뜨려 그대로 기태를 담는다. 완에게 다가오는 기태.

기태   잘 나왔어? 봐봐.

완   이건 필름 카메라라 현상하려면 시간 걸려. 다 찍으려면 몇 장
    남았고.

기태   뭐 그런 게 다 있어. 그럼 이 사진은 못 받으려나. 나 내일 전학
    가는데…

완   근데 너 누구…

기태   아, 나 1학년 3반 신기태. 한 달 전에 전학 왔는데 학교가 재미
    도 없고, 사고만 치고. 그래서 다시 전학 가려고.

완   아… 나는…

기태   넌 4반이잖아. 맨날 혼자 다니고… 눈에 확 띄던데.

기태의 말에 놀란 완. 기태의 눈을 쳐다보지만 이내 눈을 피한다. 잠시
설렌 표정.

완   …

기태   이 사진 나올 때까지만, 여기서 너랑 놀까?

기태의 반짝이는 눈빛에 다시 심장이 뛰는 완.

* 게임 문구
"당신의 대답은?"

1. 뭔 소리야 실없게.
2. 응, 가지 말고 나랑 놀아. 그럼 사진 줄게.

완   응, 가지 말고 나랑 놀아. 그럼 사진 줄게.

완의 뜻밖의 당돌한 대답에 잠시 놀란 듯한 기태. 어깰 으쓱하며 장난스
럽게 고갤 끄덕인다.

기태   한 장 더 찍어줘봐, 그럼.

다시 포즈를 취하는 기태. 완의 장난스러운 모습.

* 게임 문구
"2번을 선택한 당신. 짝남과 타이밍이 통했습니다. 다음 스테이지로 이
동합니다."

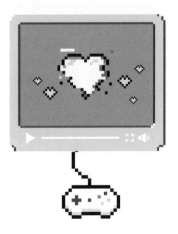

너의 SNS

ART?

S#1 사무실, 아침

첫 출근이라 단정하게 정장에 넥타이 차림을 한 완이 사무실 앞에서 심호흡을 하고 있다. 출근하다 완을 발견한 제이미.

완   (작게 혼잣말하며) 침착하게, 할 수 있다. 할 수 있다.

제이미   어? 안녕하세요! 일찍 오셨네요?

완   (기합이 잔뜩 들어서 큰 목소리로) 안녕하십니까! 오늘 첫 출근하게
        된 이완입니다!

제이미   아유, 깜짝이야. 저는 제이미요. 저번에 면접 오셨을 때 한 번
        봤었죠?

완   네.

제이미   따라오세요!

사무실 안쪽으로 들어가는 제이미와 완.

제이미   그렇게 기다리고 기다리시던 완 님 출근하셨어요!

제이미, 완에게 눈짓으로 인사하고 자리에 가서 앉는다. 멀리서 빠르게 걸어오는 태오.

태오   아이고, 일찍 오셨네요? 많이 기다렸습니다. 드디어! (완의 모습
       을 보고 살짝 놀라는) 근데 옷이… 괜찮겠어요? 내가 편하게 입고
       오라고 했는데.

완, 그제야 태오의 옷이 눈에 들어온다. 후드 티에 청바지, 운동화 차림이다.

완   아, 그래도 첫날이라…
태오   뭐, 그래요. 생각은 해보셨어요?
완   네?
태오   게임 닉네임이요. 우린 호칭을 닉네임으로 하거든요.
완   (고민하다가) 음… 생각해보겠습니다!
태오   네, 전 태오. 아, 제이미랑은 인사했죠? 우리 천재 개발자.
제이미   (발랄하게 고개 끄덕)
태오   에디는 저번 면접 때 인사했었고… 곧 올 거예요. 써니… 써니
       는… 늘 피곤해하지만 아주 유능한 기획잔데…

그때 써니, 사무실 문을 열고 피곤한 표정으로 걸어 들어온다. 태오와 완
에게 말없이 고갤 끄덕인다. 자기 자리로 가서 앉는 써니.

태오   (민망하게 완을 보며) 써니는 이번에 나흘 밤을 새다가 감기에 걸
       려서 목소리를 잃었어요. 하하. 웰컴 투 좀비 월드! 자… 천천히

사무실 둘러보세요. 재밌는 게 많아요.

꾸벅 인사하고 사무실을 둘러보는 완. 각자 자리마다 피규어, 포스터, 굿즈 등 개성 있게 꾸며져 있다. 완, '에디'라는 이름이 붙은 자리에 선다. 요란스럽지는 않지만 익숙한 비디오 게임들과 콘솔 게임기가 질서 정연하고 깔끔하게 놓여 있다.

기태 (불쑥 완의 뒤로 등장하며) 저기요?

완   (소스라치게 놀라며 뒤를 돌아보고) 아, 깜짝이야! (허둥거리며) 아…
    그게…

기태 (완에게 가까이 다가가 귀에 대고 작은 목소리로 속삭이며) 제 자리라.

얼굴이 빨개진 완, 한 걸음 물러난다. 제자리에 앉은 완, 맞은편 기태의 눈치를 살핀다.

S#2 사무실, 낮

완, 아직 세팅이 엉성하게 된 사무실 책상에 앉아 있다. 정장 차림이 불편한 듯 넥타이를 끄른 채, 모니터를 쳐다보며 일에 열중하는 완. 태오가 캔 커피를 들고 머쓱한 표정으로 다가온다.

태오   (캔 커피를 건네며) 여기.

완   아, 감사합니다.

태오   (진심으로 미안한 표정) 첫날부터 미안해요. 일이 많죠?

완   괜찮습니다. 모르고 온 것도 아니고… 재미있어요. 하하.

태오   아, 3개월 동안 숙직실 이용하신다고 했죠?

완   (캔 커피 마시며) 네, 제가 머무를 데가 딱히 없어서…

태오   편하게 쓰세요. 저희 숙직실 좋아요. 아! 근데 아마 계속 사무실
에 계실 거예요. 낮에도, 밤에도. 하하하.

완   하하, 네…

완, 눈 밑이 퀭하다. 정장 셔츠가 답답한 듯 손으로 부채질하는 완.

태오   그… 옷만 좀 편해도 보는 우리도 편할 텐데. 잠시만, 여기 어디
남는 옷이… 어, 아니면 제 옷이라도…

태오가 자기 후드를 가리키며 완에게 벗어주려는 제스처를 취한다. 장난
치는 화기애애 분위기. 그때 뒤에서 기태가 태오에게 다가오며

기태   우리 어제 낸 기획은 컨펌 난 건가요?

태오   아, 그거. 잠깐 확인하고 올게요.

기태   한 시간 내로 알려주세요. 그래야 작업 들어가요.

기태를 의식하는 완. 긴장한 듯 다시 모니터 쪽으로 시선을 옮기는데 기태, 뒤에서 다가와 후드 티를 대충 완에게 던지듯 안겨준다.

기태   이거 입어요.

완, 기태가 건넨 후드 쳐다보고 몸이 굳는다.

기태   이제 우리 게임 파악 좀 됐죠? 다음 회의 때 리뷰할 거 준비해
       주시고.
완   (황당한 듯) 네? 그 준비하라고 한 시안은…
기태   그것도 당연히 다음 회의까지. 리뷰, 간단하잖아요. 보고 느낀 점.
완   아…
기태   왜요, 어려워요?
완   …아, 아니요. 다음 회의까지 준비할게요.
기태   회의 전에 나한테 먼저 한 번 보여주고요. 그럼.

고개 까딱하고 돌아서는 기태. 완, 기태 뒷모습 보다가 한숨 쉬며 모니터로 고개를 돌린다. 다시 한참 일에 몰두하던 완. 후드와 기태를 번갈아 쳐다본다. 기태를 흘끔흘끔 쳐다보며 일에 집중하지 못하는 완.

S#3 사무실 안 회의실, 낮

기태가 준 후드로 갈아입은 완, 기태와 회의실 테이블에 마주 앉아 있다.
기태의 반응을 살피는 완. 기태, 집중해서 페이퍼를 들여다보고 있다.

완   (조심스레) 저기…

기태   시안은 이게 다인가요?

완   아, 그 리뷰 작성하다 보니까 시간이 좀 부족해서…

기태   리뷰는 이게 다인가요?

완   그, 게임을 하는데 계속 다 오버가 나서 뒤 스테이지는 가보지
        도 못하고…

기태   계속 게임 오버가 나서 게임을 그만뒀다?

완   …

기태   우리 게임이 재미없다는 뜻이네요.

완   그건 아닌데요.

기태   재밌는 게임은 몇 번이 오버가 나도, 밤을 새서라도 다시 하죠.
        끝까지 가고 싶으니까.

완   …

기태   자, 그렇다면 완 씨는 우리 게임이 왜 재미가 없었을까. 1번, 끝
        이 궁금하지가 않아서. 2번, 선택지가 재미가 없어서. 3번, 도무
        지 집중을 안 해서.

기태, 완의 속을 꿰뚫어 보는 듯한 눈빛으로

기태   일하러 왔는데 왜 집중을 안 해요?

완, 빨개진 얼굴로 잠시 굳어 있다가…

완   (소심한 목소리로) 2번이요.

기태   (잘 안들린다는 듯) 네?

완   선택지가 재미가 없어요.

기태   계속해봐요.

완   (기태의 눈을 쳐다보지 못하고) 이건 실제 유저들의 마음을 반영한 선택지가 아니에요. 돌아가고 싶은 순간, 그때 그 감정은 생각보다 더 자잘하고 찌질해요. 그런게 전혀 반영이 안 되어 있어요. (급하게 노트북을 펼치며) 아니, 물론 이 게임 말입니다.

기태, 완의 대답에 바로 그거라는 듯한 얼굴. 어느덧 완의 옆으로 나란히 앉은 기태. 키보드 위에 올려진 완의 손가락 옆으로 자신의 손을 올린다. 살짝 닿는 둘의 손. 화들짝 놀라 피하는 완의 손. 기태, 아랑곳 않고 키보드 위 Ctrl과 Z 버튼을 계속해서 누른다.

기태   이렇게. 뒤로. 뒤로, 계속 더 시간을 되돌릴 수 있다면 어떤 선

택지를 줄 것인가?

완, Ctrl+Z를 누르는 기태의 손가락에 따라 과거 기태와의 고등학교 장
면들이 교차되어 떠오른다.

기태   좋은 지적이네요. 그럼 완 씨가 유저의 그 감정을 잘 반영한 선
       택지를 제안해줘요. 내일 회의까지. 아, 캐릭터 시안도 좀 보충
       하시고. 그럼, 수고.

말렸다는 표정의 완. 기태, 아무렇지 않게 문 쪽으로 향하다가 완에게 몸
을 돌려

기태   아, 닉네임은 정했어요?
완   아뇨. 아직이요.
기태   이안.
완   …
기태   이안. 완 씨 블로그 웹툰 주인공 이름이잖아요. 닉네임 그걸로
       해요.

돌아서는 기태의 뒷모습. 완의 뜨악하는 표정.

S#4 사무실, 밤

어느덧 저녁이 되어 내부 등이 켜지고, 사무실에는 완만 남아 있다. 좀비 눈이 되어 스케치를 하고 있는 완.

완   미친놈… 내 블로그는 언제 본 거야. 태오가 보여준 건가. 아씨, 다 본 건가.

스케치 속 얼굴이 뭉개진다.

완   하, 신경 쓰여. 이거 직장 내 괴롭힘 아니야?

완, 스케치 속 Ctrl+Z 버튼을 계속 누른다. 점차 형상이 사라지는 완의 스케치 속 얼굴.

완   아… 리뷰는 언제 다 해.

키보드를 쾅쾅 내리치며 발악하는 완. 완의 앓는 소리.

S#5 회의실 안, 낮

회의하려고 모여 앉은 직원들. 완의 눈 밑으로 심하게 난 다크서클.

태오   어, 완 씨 얼굴이… 무슨 일… 나라 잃었어요?

완   아, 어제 잠을 좀 못 자서요.

제이미   괜찮아요, 그래도 잘생겼어요. 대표님 얼굴을 봐요. 푹 자도 저 모양이잖아요.

태오   제이미…

기태   자자, 다들 시작할까요? 자, 완 씨.

완   …

기태   아, 이안. 준비한 리뷰 부탁해요.

팀원들, 완의 닉네임이 이안이 된 것에 다들 흥미롭다는 듯 눈빛 교류하다가 태오, 이제야 알겠다는 표정으로

태오   (오버조) 아아! 완 씨 웹툰 캐릭터 이름! 이안! 아, 맞네!

제이미   이안 님, 리뷰 부탁해요~

완   저는… 좀 더 둘 사이를 될 듯 말 듯 헷갈리게 하는 세부 선택지가 많아야 된다고 생각해요. 지금은 너무 금방 다정해진달까… 원래 긴가민가할 때가 제일 설레잖아요. 짝사랑할 땐.

제이미 오, 이안~ 짝사랑 좀 해보셨나 봐요?

완 (얼굴 빨개져서 손사래 친다) 아니, 그런 건 아니고…

제이미 근데… 너무 오락가락하면 이용자들한테 혼선을 줄 수 있지 않
을까요?

완 그건 그런데… 원래 짝사랑하는 상대는 그렇게 행동해요. 내
맘대로 되는 게 아니라,

기태 (말을 끊으며) 이건 현실이 아니고 게임이잖아요.

기태와 완 눈싸움하듯 서로의 시선을 피하지 않는다. 태오가 중재하고
나서는

태오 일단은 이안 의견 계속 들어보죠! 어쨌든 우리가 놓쳤던 부분
을 봐줄 수 있는 첫 멤버니까~

완 지금은 이용자와 캐릭터 간에 메시지를 주고받는 기능만 있는
데, 캐릭터가 쓰는 SNS 기능도 넣어보면… 어떨까요?

제이미 SNS요?

완 네. 우리 짝사랑 시작하면 다들 상대방 SNS부터 찾아보잖아요.
뭘 좋아하는지, 어떤 음악을 듣는지… 또 요즘 좋아하는 사람
생기진 않았는지. 그런 걸로 캐릭터의 마음을 유추할 수 있는
힌트를 줄 수도 있고요.

제이미 오! 이안 아이디어 좋다~ 진짜 짝사랑 전문가야 뭐야~

완, 자신 있게 말하다 그 말에 다시 얼굴이 빨개져 손부채를 부쳐댄다.

기태　　(고갤 끄덕이며) 좋네요.

완의 입꼬리가 살짝 올라간다.

태오　　너무 좋은데 테스트 버전 출시까지 시간이 얼마 안 남아서 바
　　　　로 적용하는 건 무리인데…

기태　　좋은 아이디어라 버릴 순 없어요. 가능한 부분은 정식 출시 전
　　　　에 반영해보는 걸로 하시죠.

기태의 말에 고갤 끄덕이는 팀원들.

기태　　그럼 우리 기획팀 구체적인 기획 들어갑시다. 이안 님은 레퍼
　　　　런스 정도만 던져주시고, 이제 원화 작업 구체화에 힘써주시구
　　　　요. 수고했어요.

태오　　(혹시나) 회의 끝? 회식 갈까요?

기태　　기획하러 가야죠.

태오　　(역시나) 아, 네.

기태, 짐을 챙겨 쿨하게 회의실 밖을 나간다. 태오, 써니, 제이미, 이안 넷

이 남은 회의실. 짐을 챙기며

써니   이안 님, 아이디어 좋네요. 에디가 사람 잘 봤어요. 우리한테 그
          렇게 그렇게 추천하더니.

그 순간 정적이 되는 회의실 안. 등장 이후 처음으로 나온 써니의 목소리
에 태오, 제이미 호들갑 떨며

태오   오! 써니, 이제 목소리 나온다!
제이미   와! 대박! 나 진짜 목소리 까먹을 뻔했잖아요!

호들갑 떠는 팀원들 사이로 완, 놀란 얼굴로 써니를 바라보다가 고개를
갸우뚱. 자리에서 일어나려는 써니의 팔을 붙잡는다.

완   …누가 누굴 추천했다고요?
써니   에디가 이안이요. 이안 블로그 발견해서 우리한테 먼저 보여줬
          어요. 일정 빠듯해서 컨택 리스크 있다고 계속 말렸는데도, 끝
          까지 밀어붙인 건 에디예요. 에디가 기다리자고 했어요.
태오   그러니까. 이안 아니면 안 된다고, 안 된다고 아주. 어디서 이런
          복덩어리를 알고 추천했대? (오두방정) 이안 없었으면 우리 어쩔
          뻔했어~

완에게 포옹하려는 태오의 손을 무시한 채 완, 그대로 몸을 일으켜 회의
실 밖으로 나간다.

S#6   사무실 기태의 자리, 낮

모니터에 집중하고 있는 기태의 얼굴.

완   (기태 책상 두드리며) 저기, 잠깐 얘기 좀 하시죠.

S#7   사무실 옥상, 낮 이어서

옥상 문이 탕 닫히고 마주 보는 두 사람.

기태   저, 뭐 잘못한 거 있어요? 갑자기 옥상까지 불러내시고.

완   …

기태   이안 님?

완   (떨리는 목소리) …너야? 나 추천한 거?

기태   너?

완   그래, 너. 나 알지? 알고 이러는 거지?

기태 (웃으며) 알지, 그럼. 내가 널 왜 몰라.

완 그럼… 그럼 왜 모른 척했어? 사람 바보 만드는 거야? 재밌어?

기태 회사에서 만났는데 뭘 어떻게 해, 그럼. 네가 먼저 불편해하는 거 같길래 나도 맞춰준 건데?

완 이제 와서 어쩌자고…

기태 뭐?

완 이미 다 끝났는데… 나랑 뭐가 하고 싶어서 굳이 회사까지 끌어들인 거냐고.

기태 뭘 해? 일하자는 거지.

완 …너 나 괴롭히려고 일부러 이러는 거야?

기태 내가 뭘 괴롭혀? 회사에선 마침 원화가가 필요했고. 어쩌다 네 웹툰 발견한 거고, 네 그림이 제일 좋았고. 뭐 잘못됐어?

완 내가, 너… (말 잇지 못하고) 하, 아니다. 그래, 일해. 감정 섞지 말고 일해, 그럼. 괜히 못살게 굴지 말고.

기태 내가 언제 못살게 굴었어? 초짜 신입한테 일 가르쳐준 거지.

완 (발끈해서) 야. 처음부터 다 잘하는 사람이 어딨어? 3개월 뒤에 봐. 내가 너보단 잘해.

기태 그래, 그럼~ 중간에 도망가지 말고. 3개월 꼭 채워서 나보다 잘하고.

완 너…

갑자기 학창 시절에 그랬던 것처럼 유치해진 싸움에 진지했던 분위기는
사라지고 약 올라서 씩씩거리는 완.

완   사람 갖고 노니까 재밌냐? (주먹 꽉 쥐고) 앞으로 내 눈에 띄지 마.
기태   야, 어떻게 눈에 안 띄어? 우리 회사 다섯 명밖에 없어.
완   아, 좀!

기태, 완의 모습에 자기도 모르게 피식 웃음이 난다. 비웃음이라 생각한
완, 분노한다. 기태, 씩씩거리면서 문을 쾅 닫고 나가려는 완의 뒤에 대고

기태   넌 모르지?
완   뭘!
기태   나야.
완   (뒤돌아보며) 뭐가!
기태   게임보이.

완의 뜨악한 표정. 입이 닫히지가 않는다.

기태   말을 안 걸 수가 없었어. 너무 반가워서.
완   왜, 왜, 네가? 언제부터 찾아본 거야? 왜 찾아본 거야? 너, 너
        이거…

기태   (어이없는 웃음)

완   너, 이거 스토킹이야. 네가 왜…

기태   아까 네가 네 입으로 말하더만. 상대방 SNS를 찾아보는 이유.

Ins. S#7

제이미   SNS요?

완   네. 우리 짝사랑 시작하면 다들 상대방 SNS부터 찾아
       보잖아요. 뭘 좋아하는지, 어떤 음악을 듣는지… 또
       요즘 좋아하는 사람 생기진 않았는지. 그런 걸로 캐릭
       터의 마음을 유추할 수 있는 힌트를 줄 수도 있고요.
       간질간질하잖아요. 좋아하는 사람 마음을 훔쳐본다는
       그 자체가…

기태   (장난스럽게 웃으며) 뭐, 네가 말한 그 이유라기보다는. 나는 네 그
       림 좋아했잖아. 예전부터.

기태, 완의 어깨를 한 번 툭 치고 감싸고는 나아간다. 완의 뜨악한 표정.

S#8 교실, 쉬는 시간

교실 안, 스마트폰 하나를 사이에 두고 둘러싼 남고생들. 경우의 스마트폰을 그림의 떡처럼 선망하는 분위기.

진석   아씨, 울 엄마는 스마트폰 안 사준대. 진짜 부럽다. 야, 나 하루만 빌려주면 안 되냐?

경우   세상에 공짜는 없다. 자자, 한 시간에 만 원. 빌릴 사람? 게임도되고, 카톡도 되고, 무엇보다 페이스북 접속 가능이다~

그와 동떨어져 혼자 그림을 그리고 있는 완.

진석   아씨, 나 썸녀 페이스북 들어가보고 싶은데… 야, 한 시간에 5천원 안 되냐?

그때 기태가 교실에 들어온다.

경우   야, 신기태. 너도 페북 하냐?

기태   응, 하지.

그 말에 그림 그리기를 멈추고 경우의 스마트폰을 멀찍이 바라보는 완.
기태가 남고생들을 지나쳐 완의 옆으로 와 앉는다.

기태   완아, 또 그림 그려? 뭐 그리는데?

완, 기태와 경우의 스마트폰을 번갈아 바라본다.

기태   내 얼굴에 뭐 묻었어? 아, 졸려…

경우   자자, 한 시간에 만 원. 없어? 아무도 없어? 접어?

완, 옆에서 엎드려 잠을 청하는 기태와 경우 무리를 번갈아 바라본다.
주머니 속에서 꼬깃꼬깃 꺼내는 만 원짜리 지폐에서 Cut to. 다시 교실.
완의 앞자리에 앉아 있다가 이어폰을 꽂은 채로 그대로 잠이 든 기태.
완이 자리에 앉자 잠에서 살짝 깬 듯한 기태. MP3와 이어폰 한쪽을 들
어 올리며

기태   네 것 좀 썼어. 애들 시끄러워서. 괜찮지?

* 게임 문구

"짝남이 질문합니다. 당신의 대답은?"

1. 응, 쓰고 돌려줘.
2. MP3을 뺏어 들어 다른 음악을 튼다.

완, 기태 쳐다보다가 MP3을 뺏어 들어 다른 음악을 튼다. 놀라 커지는 기태의 얼굴.

기태	이 노래…
완	(수줍게 고개 끄덕)
기태	(해맑게 웃으며) 너도 좋아해? 대박.

기태, 웃으며 다시 눈을 감고 잠을 청한다. 그런 기태의 잠든 얼굴을 바라보는 완의 얼굴.

* 게임 문구

"2번을 선택한 당신. 짝남의 SNS 확인을 통해 취향 공유에 성공했습니다. 다음 스테이지로 이동합니다."

갑자기
날아온 공과 고백

S#1 사무실, 아침

스케치한 종이 뭉치와 아이패드, 텀블러를 바리바리 싸들고 자리로 돌아가던 완. 기태와 확 부딪치고, 종이들이 바닥에 엉망으로 쏟아진다.

기태   도와줄게요.

완, 기태 한 번 노려본 다음 옆에서 주워주는 기태 손을 뿌리친다. 묵묵히 다 주운 다음, 대꾸 없이 자리로 돌아가 앉는다.

기태   저기요…?

완이 미처 줍지 못해 바닥에 떨어진 포스트잇. 기태, 포스트잇을 주운 채 완의 뒷모습을 쳐다보며 어이없다는 표정.

S#2 회사 앞 거리, 낮

직원들의 커피 캐리어를 들고 걷는 기태와 완. 어색한 분위기다.

기태   자꾸 둘만 걸리네요, 이런 거.

완	…게임을 잘 만들지, 잘하진 못하시나 봐요.
기태	그러는 자기도 져놓고.
완	…호칭은 똑바로 하시죠.
기태	(픽 웃으며) 처음엔 쩔쩔매더니, 이젠 안 그러네?

기태의 말에 멈춰 서는 완. 따라오지 않는 완의 발걸음에 돌아보는 기태.

기태	야…
완	그냥 처음처럼 모르는 사이로 지낼까요? 회사니까. 반말도 좀 그만하시고요.
기태	(완의 손목 붙들며) 야.
완	(기태가 잡아 온 손 치우고) 그냥 일합시다. 선 넘지 말고. 몰래 남의 블로그나 훔쳐보시지 말고.

기태를 두고 먼저 사무실 건물 쪽으로 걸어가는 완.

기태	(혼잣말로) 뭐 훔쳐봐? 참 나.

그때 태오가 기태 옆으로 다가오고, 앞서 걸어가는 완의 눈치를 살피며

태오	이안이랑 뭐 문제 있어? 업무적으로 안 맞는다거나…

기태   ⋯문제는요. 그런 거 없어요.

태오   그럼 왜 그렇게 심술이 나 있으실까? 이안한테만 유독 그러는
       거 같아. 이런 모습 아주 낯설어요?

기태   예?

태오   에디가 갈궈서~ 이안이 나간다고 할까 봐~ 얼마나~ 걱정이
       되는지⋯ 지금같이 손 귀한 때에, 응?

기태   갈구기는⋯

기태, 핸드폰을 들어 화면에 집중한다.

태오   암튼, 잘해줘요. 충분히 잘해주고 있는 이안한테 너무 박해⋯

기태   (태오를 떼어내려는 듯) 대표님, 아까 그 기획안 컨펌은⋯

태오   할 거야. 갈 거야, 지금.

태오, 쫓겨나듯 자리를 피하고 기태, 다시 핸드폰을 뚫어져라 쳐다보면
완의 블로그 글들이 다 비공개 처리되어 있다.

기태   (혼잣말로) 그래, 어디 한번 해보자고.

기태, 손에 들린 애꿎은 컵만 건든다.

S#3 회의실, 낮

나란히 앉아서 머리를 맞대고 태블릿을 보고 있는 태오와 완.

태오   이 신에서 채색 톤이 좀 튀지 않아요?

완   그런가요? 좀 뿌옇게 보이는 것 같기도 하네요.

기태, 노크를 하고 들이닥친다.

기태   태오, 여기 계셨네요?

태오   어, 에디 무슨 일이에요? 아~ 벌써 점심시간인가? (완에게) 식사

하고 계속하죠!

태오가 먼저 일어서서 회의실을 나가자 기태, 완에게 다가온다.

기태   (완 보면서) 점심 드시죠.

완   저는 따로 먹을게요.

기태   왜? 약속 있어요?

완   아뇨. (기태 노려보고) 속이 안 좋아서요.

기태   일이 힘들어서 그런가? 아직도 적응을 못 했나 봐요?

기태의 말에 뼈가 있다.

완   (어이없는 표정으로 기태보고 일어선다) 아니고. 그냥 밥이 안 넘어갈

        것 같네요.

기태   (능글맞게) 그쵸. 잘생긴 얼굴 보면서 뭐 먹으면 잘 안 넘어가긴

        하죠?

짜증이 난 듯 기태를 노려보다 반박하는 완의 모습. 회의실 유리창 너머
로 두 사람을 보고 있던 직원들.

써니   노는 거야, 싸우는 거야.

제이미 싸우는 것 같은데요⋯

써니   사랑싸움?

태오   (다가와 속삭이듯) 아니, 이안이 들어오고 나서 에디가 좀 이상해.

        어디 나사 하나가 풀렸어.

제이미 아⋯ 근데 우리 이안, 너무 귀엽지 않아요? 어! 나 주변에 완전

        귀여운 친구 있는데 소개시켜줄까? 이안, 애인 있대요?

써니   음⋯ 없지 않을까요⋯

제이미 그럼 한번 추진해봐~?

그때, 완이 씩씩대며 회의실을 나오자 입 꾹 닫으며 대화를 멈추고 제자

리로 돌아가는 팀원들.

S#4 회사 앞 식당, 낮

혼자 식당 문을 열고 들어가 자리에 앉는 완. 메뉴를 주문하고 신경질적
으로 수저를 세팅한다. 곧이어 남자 알바생이 음식을 내오는데

알바생   주문하신 음식 드릴게요~

완, 아직도 열 받아 허공을 보며 씩씩댄다.

완   왜 그러는 거야?

알바생   네?

완   미쳤나 봐, 진짜!

알바생   (당황해서) 저요?

완   재수 없게. 씨…

알바생   저한테 말씀하신…

완   …잘생겼어.

알바생   저요…? 가, 감사합니다!

그제야 알바생을 돌아보는 완.

완   아, 감사합니다.
알바생   (기분 좋아서) 넵! 맛있게 드세요!

완, 갸우뚱하고. 알바생이 떠나자 밥을 팍팍 떠먹는다. 그때, 문을 열고
들어오는 기태. 당황한 완의 얼굴.

기태   밥 안 먹는다고 하더니, 여기로 도망 오셨네.

완, 잔뜩 부푼 볼을 가리키며

완   전 이미 먹고 있어서. 에디 님이 나가시죠.

그때 기태, 완에게 성큼성큼 다가온다. 흠칫하는 완. 기태, 완의 식탁에
놓인 계산서를 들어 올린다.

기태   나갈게요. 이거 계산은 제가…
완   (계산서를 뺏기지 않으며) 제가 합니다. 진짜 이러지 마시죠.
기태   (말 끊고 법인카드를 내밀며) 이게 회사 동료 대하듯 하는 거예요. 선
           넘은 거 아니고. 훔쳐본 거 아니고.

기태와 법인카드를 번갈아 보다가 계선서를 놓는 완. 기태, 계산대 쪽으로 돌아서려 하다가 순간적으로 완의 머리에 손길이 느껴진다. 부스스하게 뻗친 완의 머리를 보고는 자기도 모르게 손으로 정돈해준 기태. 놀라 굳어버린 완, 그리고 완만큼 놀라 손을 떼는 기태.

기태   (자기도 당황한 듯) 점심시간 15분 남았어요. 빨리 먹어요.
완   …?

서둘러 계산대로 가는 기태. 남겨진 완의 얼굴.

S#5 사무실, 낮

식사를 마치고 컴퓨터 앞에 나란히 앉아 게임 대결을 하고 있는 기태와 써니. 제이미와 태오도 곁에 서서 지켜보고 있다. 양치 컵을 들고 사무실로 돌아온 완. 모여 있는 직원들 쪽으로 다가간다.

태오   아, 이안 왔다! 이안도 빨리 걸어요. 지금 써니 대 에디 대결인데, 이길 것 같은 사람 딱 골라봐요.
완   이기면 뭐가 있는데요?
태오   이기는 사람은 소원권! 진 사람이랑 진 쪽에 배팅한 사람은 내일 점심 쏘기!

써니   참고로 태오랑 제이미는 저한테 걸었어요.

기태   다들 너무하네 정말…

완   (고민도 없이) 저도 써니요.

써니   현명하다! 와, 제가 벌써 압도적이죠?

기태   (급 승부욕 불타올라 결연하게) 이러면 절대 못 지지.

태오   (손뼉 짝 치며) 좋아요, 4 대 1! 그럼 시이작!

게임 대결이 시작되고, 다들 써니를 응원하는 직원들. 기태, 외롭게 게임에 몰두한다. 기태의 모니터를 곁눈질로 쳐다보며 초조하게 팔짱을 끼고 서 있는 완.

완   (답답해서 무심결에 툭 튀어나오는) 아니, 그쪽이 아니고 왼쪽 방향 이지…

기태, 완의 작은 목소리를 그새 들어버리고. 완의 말대로 플레이해 결국 게임에서 이긴다. 완, 아뿔싸! 표정.

써니   (머리 쥐어뜯으며) 아!

기태   (주먹 쥐고) 예스!

완에게 손바닥을 내미는 기태. 완, 반사적으로 손을 내밀었다가 이내 주
춤하지만, 억지로 하이 파이브 하는 기태. 제이미와 태오, 어이없다는 듯
완을 쳐다본다.

태오   뭐지? 이거 뭐지? 둘이 뭐지?

제이미   (타박하며) 이안! 뭐예요~?

완   (당황해서) 아, 그게 아니라…

기태   (기세등등하게 웃으며 일어선다) 역시 우리 잘 통해요. 그죠?

써니   갑자기 잘 통한다고?

기태   (완의 팔뚝을 쥐며) 고마워요, 이안?

완, 할 말 없고. 기태, 화이트보드 쪽으로 다가가며

기태   어쨌든 오늘의 소원권은 제가~

제이미   (눈 반짝이며) 에디, 소원권 어디에 쓰실 건데요?

태오   그… 알죠? 지금 퇴근 이런 건…

기태   퇴근 말고. 외근이요.

제이미   네?

기태   이따 이안 추가로 스케치할 거 있어서 나간다면서요. 모델 필
              요할 것 같은데, 제가 같이 갈게요. 괜찮죠?

완   (당황한 채) 네? 싫다면요…?

기태   내 소원인데 이안이 싫은 거랑 무슨 상관이에요.

써니   또 이안 괴롭히려고 따라가는 거죠?

기태   아니요~ 딴 길로 새나 안 새나 감시하려고요.

써니   괴롭히려는 거 맞네.

완, 당황해서 태오를 간절하게 쳐다보고. 태오, 완에게 미안하다는 듯 웃으며

태오   이건 뭐… 소원을 일하는 데 쓰겠다는데, 안 될 거 없죠. (법인카드 내밀며) 여기. 영수증 잘 챙기고요.

완   네?

기태   (카드를 받아 들고는) 따라와요. 어차피 차도 없잖아요.

S#6 완과 기태가 졸업한 고등학교 교정, 낮

차에서 내리는 두 사람. 기태, 편한 가방을 메고 있고 완, 아이패드를 들고 있다. 익숙한 학교 풍경을 보고 눈빛이 흔들렸다가 다시 정색하는 완.

완   일하자면서 또…

기태   일하러 온 건데. 학교 배경 스케치한다면서요.

완	지금 그거 물어보는게 아니라, 서울 시내에 학교가 몇 갠데 그 중에…
기태	모르는 학교에다 들여보내달라고 할 바에 여기가 낫지 않아요? 여긴 그냥 졸업생이라고 하면 되는데.
완	(기태에게 반박하려다가 체념하고) 스케치는 저 알아서 할 테니 방해하지나 마시죠.

완, 기태를 밀치고 먼저 교문으로 들어간다.

S#6-1 복도, 낮

복도를 거니는 완과 기태.

S#7 고등학교 도서관, 낮

도서관 문 앞에 선 기태와 완.

기태	와… 진짜 오랜만이다.
완	(기태 팔 툭 치고 '정숙' 표지 가리킨다) 쉿.

기태   우리밖에 없구만…

문을 열고 들어서는 둘. 안쪽 서가까지 걷는다. 기태, 투덜거리지만 목소리를 줄이며 책장으로 다가가 책을 펼쳐 본다. 아이패드를 꺼내 드는 완, 기태가 뭐 하는지 궁금해 다가가려고 하면

완   일해야죠.

기태, 어깨를 으쓱하며 앞으로 걸어 나가려 할 때

완   그대로 있어요.

기태, 멈칫하다 다시 서가에 기댄다.

기태   이렇게…?
완   네. 거기서 고개 조금만 숙이고. 아니, 얼굴에 너무 그늘지니까
          그쪽 말고.

완이 시키는 대로 고분고분 포즈를 취하는 기태. 완이 기태와 아이패드를 번갈아 보면서 그림에 집중하고 있으면, 자세는 그대로 둔 기태가 완을 바라본다.

기태 (힘들어 고개 돌리며) …근데 언제까지 이러고 있어야 돼요?

완 움직이지 마요. 벌써 힘들어요? 그러게 왜 따라와가지고…

기태 (어이없다는 듯) 아니, 내 덕분에 지금 한 컷 딴 거 아니에요?

완 없어도 그럴 수 있거든요.

기태 (발끈해서) 아니, 그러면 왜 이대로 있으라고…!

완 (인상 쓰며) 쉿!

기태 하… 자기는 다 떠들어놓고. 이거 언제까지 이러고 있어야 하는 거…

완 그리는 입장에선 미세한 부분도 다 캐치해야 하는 거예요. 앞면, 뒷면, 옆면까지 다.

완, 가만히 서 있는 기태를 둘러보며 시선 집중. 괜히 긴장되는 기태. 아이패드를 탁 덮고, 몸을 돌려 지나쳐 가는 완.

완 가죠, 다음 장소.

기태 뭐야, 다 그린 거예요?

완 진작에요.

기태, 어이없다는 표정으로 따라간다.

S#8 운동장 스탠드, 낮

기태 (지쳐서) 이게 마지막이죠?

완 피곤하면 먼저 차에 들어가서 쉬세요. 카드 저 주시고 퇴근하셔도 되고.

기태 카드는 왜…

완 그쪽은 차가 있고. 저는 택시를 타야 하고.

기태 한 마디도 안 지시네요.

완 이제 안 지려고요.

기태 언제는 져준 적 있는 것처럼 말하네.

완 (움찔하고) 방해하지 말라고 했을 텐데요.

기태 근데 궁금한 게 있는데요.

완 (그림에만 몰두하며) 방해하지 말라고…

스케치하는 완의 뒤로 가까이 붙어 그림 그리는 모습을 보는 기태. 그리고 완의 귀에다 대고 묻는. 완, 기태의 기척에 말을 확 멈춘다.

기태 예전에 필름 카메라로 사진 먼저 찍고, 그걸로 그림 그리지 않았나?

완 사진 안 찍어요.

기태 왜요? 예전에 그 필카는?

완   …

Ins. EP2-S#2 필름 카메라를 비밀 벤치에 두고 가는 완의 모습.

기태의 말을 애써 무시하고 지나치려는 완. 그때 기태, 가방을 열어 완에게 꺼내 건네는 것. 바로 완의 필름 카메라다.

완   이게 왜 너한테…
기태   너 찾다가. 이거 찾았어.
완   뭐?

기태, 필름 카메라를 들고 운동장 쪽으로 뒷걸음질 친다. 당황한 완이 쫓아가 카메라를 뺏으려 하지만 뺏기지 않는 기태. 완, 감정이 폭발하며

완   (카메라를 뺏으려 들며) 네가 뭔데. 남이 버린 걸 왜 주워.
기태   (카메라를 안 뺏기며) 왜 버렸는데?
완   내놔.
기태   (단호하게 고갤 저으며) 싫어.
완   제발 나 좀 그만 괴롭혀!

완, 제 분에 못 이겨 기태를 뒤로한 채, 뒤돌아 씩씩 걸어 나간다. 기태, 완

의 뒷모습을 마주하고 울컥하는 얼굴로

기태   또 도망가?

완, 걸음을 멈춰 선다.

기태   그래, 또 나만 남는 거지?
완   뭐?
기태   너 혼자 오해하고 도망치고, 남겨진 건 나였어. 널 그렇게 찾아
         다녔는데 연락도 안 되고 할 수 있는 게 없더라. 넌, 넌… (감정이
         격해져) 잘 지냈냐? 나 없이?

완, 말문이 막힌 채로 기태 바라보는

기태   잘 지냈겠지. 가버리면 그만이었을 텐데. 내가 널 괴롭힌다고?
         아니. 너야말로 7년 동안 나 괴롭힌거야.
완   야…
기태   (필름 카메라 들어 올리며) 이젠 나도 절대 안 놓칠 거야.
완   …
기태   나 너 좋아해.
완   (놀라서) 뭐?

완의 흔들리는 눈동자. 저 멀리서 축구를 하던 아이들의 공이 날라온다.
슬로 모션. 공이 완의 머리에 부딪히려 할 때에, 완을 꼭 끌어안아 공을
피하게 해주는 기태.

4부 쿠키

S#9 시뮬레이션 게임 속 운동장 스탠드, 모후

왁자지껄한 운동장. 축구를 하는 학생 무리 보이고, 완은 스탠드에 앉아 있다.

진석	(완 쪽으로 달려와서) 야! 나 물 좀!
완	(옆에 있는 물병을 진석에게 던지는) 자!
진석	너도 뛰자니까? 사람 한 명 모자란다고~
완	됐어. 땀 나서 싫어.
진석	참 나, 그럼 교실에 있지. 야, 뛰자!
완	보는 게 재밌어. 뛰는 거 말고.

완의 시선은 멀리서 축구 하는 기태를 향해 있다.

진석	싱거운 자식. 자! (마시고 빈 물병을 다시 완에게 던져 주는)
완	(시선은 기태에게 고정한 채 물병을 받고) 어. 얼른 가. 쟤네 너 찾는다.

진석, 다시 운동장으로 달려가고 이어지는 축구. 그러다 기태가 찬 공이 완 쪽으로 강하게 날아온다. 완, 순간적으로 고개를 돌렸는데 공이 날아 와 그대로 스탠드에 쓰러지는. 그 모습을 본 기태가 황급히 달려온다.

기태 (완의 얼굴을 두드리며) 야, 괜찮아? 완아! 정신 차려봐!

완 으으…

기태 (뒤돌아 등을 내어주며) 안 되겠다. 이리 업혀. 야, 오진석. 얘 좀 부축해줘.

그때, 살며시 눈 뜨는 완.

* 게임 문구
"사실 조금 얼얼한 것 빼고는 괜찮은 당신, 업히라고 하는 짝남의 말에 당신의 선택은?"

1. 모른 척 업힌다.
2. 괜찮다며 툭툭 털고 일어난다.

완, 진석에게 팔을 뻗고 진석, 완을 부축해 기태의 등에 업히게 한다. 기태, 완을 업은 채 달려간다. 완의 떨리는 심장 소리. 그리고 기태의 떨리는 심장 소리.

* 게임 문구

"1번을 선택한 당신. 떨리는 스킨십으로 짝남의 호감도가 오릅니다. 다음 스테이지로 이동합니다."

EPISODE 5

우리 사이의 거리

_TART?

5#1 사무실, 아침

화이트보드에 완이 그린 스케치와 찍어 온 사진들이 붙어 있고, 직원들이 모여 앉아 있다.

완   교실이나 복도 외에도 교정 곳곳을 디테일하게 그려봤어요. 뒤뜰이나 스탠드, 벤치 같은 곳이요. 오히려 추억은 그런 곳에서 많이 쌓이니까요. 다들 학교에서 자주 가던 자기만의 스팟 같은 게 있잖아요.

태오   나는 찬성. 그 편이 감성도 있고~ 낭만적이기도 하고. 좋네요.

기태   인물 캐릭터는요? 그게 제일 중요한데.

태오   벌써 캐릭터 스케치도 나왔어요?

완, 앉아 있는 직원들에게 캐릭터 스케치한 종이를 나눠 준다.

완   아직 스케치 단계이긴 한데요. 캐릭터 설명해주신 거 참고해서 제 스타일대로 그려봤어요.

태오   좋은데… 누구 닮은 것 같지 않아요?

써니   에이, 이만큼 잘생긴 사람이 어디 흔해요? 난 좋아요.

제이미   어? 에디 닮지 않았어요? (그림 자세히 들여다보며) 뭔가… 이 이목구비가 딱 에디 같은 존잘 느낌?

태오   어어, 그런가? 어, 맞네. 닮았네!

완, 얼굴 빨개져 당황하는

완   아뇨! 훨씬 잘생겼죠! (스케치한 종이 가리키며) 얘가!
써니   그건 맞죠.
제이미   하긴, 에디도 진짜 진짜 엄청 잘생겼지만! 2D를 이길 수 있는
          3D는 없죠.
기태   다들… 너무하시네.

기태, 그러면서도 피식 웃는. 완과 기태의 눈이 마주친다.

써니   이제 헬 파티 시작인가요?
태오   자, 베타 테스트 업로드까지 우리에게 남은 시간 단 40시간. 지
          금부터 죽음의 야근을 시작해봅시다!

다 함께 하이 파이브를 하는 팀원들. 완의 손 위로 기태의 손이 포개지며
경쾌한 음악이 흐른다.

S#2 사무실, 밤

조명을 반쯤 내려 어둑한 사무실. 완과 기태의 자리만 모니터가 환하게 켜져 있다. 태블릿으로 그림 작업을 하고 있는 완. 피곤한 듯 쓰고 있던 안경을 벗어 눈을 비비는 기태.

기태   아 피곤해… (파티션 너머 완에게) 아직 할 거 많이 남아 있어요?

그림을 그리던 손을 멈춘 완이 문득 고개를 들어 기태를 바라본다.

완   네. 아직 조금.
기태   뭐 마실래요? 커피? 내가 살게.
완   괜찮아요. 밤에 커피 안 마셔요.

대답하고 다시 작업을 시작하는 완. 기태, 그런 완을 물끄러미 바라보다가 탕비실로 발걸음을 옮긴다. 잠시 뒤 돌아오는 기태의 손에 맥주 한 캔과 주스 한 병. 그중 주스를 완의 책상에 소리 나게 놓는다.

기태   그럼 이거 마셔요.

완, 주스를 한번 바라보다가

완　　　…잘 마실게요.

기태, 으쓱하고 자기 몫의 맥주 캔을 따려고 하다가 내려놓는다.

기태　　피곤할 텐데 나머지는 집 가서 작업해. 집 데려다줄게.

완　　　…여기가 편해. 갈 데도 없고.

기태　　갈 데가 없다니…?

완　　　잠깐 올라와 있는 거라, 여기 회사 숙직실에서 지내…

기태　　숙직실…?

기태, 걱정되고 신경 쓰인다는 듯이 완을 쳐다보다가

기태　　넌… 애가 위험하게 사람 막 드나드는 데에서 아무렇지도 않게
　　　　자?

완　　　아니, 뭐가 위험하다고. 그리고 네가 무슨 상관이야…

기태　　상관있지. 내가 너 좋아…

탁탁, 그때 회사 사무실의 불이 하나씩 꺼진다. 순식간에 완전히 어두워
진 사무실.

완　　　어…?

어둠 속.

기태   좋아한다고 했잖아.

기태, 어둠과 정적 속에서 완에게로 가까이 다가서려고 할 때 밖에서 켜지는 네온 불빛으로 실루엣 조명이 만들어지고. 어색하게 마주 보고 서 있는 기태와 완. 민망한 듯 서둘러 짐을 챙기며

완   그럼 난 주변 카페나 숙직실에서…
기태   야근하러 가자.

S#3 기태의 집, 밤

어색하게 기태를 따라 집으로 들어오는 완. 천천히 소파에 앉자 맥주를 가져다주는 기태.

기태   집에 도착했으니 너도 맥주.

맥주 캔을 받지 않는 완. 망설이고 경계하는 듯한 표정.

기태　　노동주.

완, 말없이 맥주를 받아 들고 조금 들이켠다. 어색한 공기를 이기려 스케치 파일들을 서둘러 펼친다.

기태　　나 먼저 씻고 올게.

완, 그 말에 사레들린 듯 크게 기침한다. 기태, 다가가 등을 두드려주며

기태　　뭘 그렇게 놀라?
완　　(당황하며) 아니, 그게 아니라…
기태　　(웃으며) 뭘 상상한 거야.
완　　아니라고!

Cut to. 샤워하는 기태의 물소리. 완, 천천히 집 안을 둘러본다. 그러다 선반에 놓인 향수를 발견하고 하나를 들어 뿌려보는 완. 그리고 현관문 옆 협탁 위를 둘러보는데, 그림(EP1-S#1)과 졸업식 사진이 보인다. 깜짝 놀라 가까이 가서 보는 완과 샤워를 하고 나와 벽에 기대 그 모습을 지켜보고 있는 기태.

기태　　이제 좀 믿어주나?

완   뭘…

기태   내가 너 좋아하는 거.

완, 동그랗게 커진 눈.

완   아, 나… 작업할 게 많아서…

완, 도망치듯 거실로 발걸음을 향한다. 기태, 귀엽다는 듯 그런 완을 바라
보다가

기태   수건은 화장실에. 갈아입을 옷은 앞에 챙겨뒀어. 씻고 방은 저
        쪽. (기태의 방을 가리킨다)

완   같이 자…?

기태   침대가 하나뿐이라?

완   됐어. 난 여기서 자면 돼. (소파를 탕탕 두드리는)

기태   맘대로 해라. 감기 걸리든지.

5#4 기태의 집, 거실/이어서

샤워하고 나온 완. 소매가 길게 내려온다. 그사이 소파에 모로 누워 잠들

어 있는 기태. 완, 잠든 기태에게 다가가 눈앞에 손을 흔들어본다.

완   야근하자더니.

그때, 뒤척이며 자세를 바꾸는 기태. 완, 화들짝 놀라 몸을 돌리며 다시 스케치 파일에 코를 박는다.

완   깜짝이야.

잠꼬대를 하는 듯한 기태의 뒤척임에 다시 기태를 쳐다보는 완. 아예 몸을 돌려 기태를 바라보며 스케치 작업을 한다. 스케치 파일 속 캐릭터와 완의 얼굴을 번갈아 바라보다가

완   그렇게 닮았나…

그때, 떠오르는 안 PD의 말.

     Ins. EP2-S#10
     안 PD   (태블릿 화면 속 블로그 가리키며) 그림 속 인물들의 얼굴이
                다 똑같은 거 알아요?
     안 PD   이 캐릭터를 못 버리겠어요?

완, 복잡한 얼굴로 다시 스케치 작업에 집중하며 Cut to. 소파에서 눈을 뜨는 기태, 옆에 책상에 엎드려 자고 있는 완이 있다.

기태   뭐야…

기태, 완에게 다가가 옆자리 의자에 걸쳐져 있는 담요를 덮어준다. 엎드려 잠든 완의 얼굴을 바라보는

기태   오랜만이네. 이 얼굴.

한참을 바라보던 기태. 스케치 파일에 완이 그리고 있던 캐릭터가 보인다. S#1에서 기태와 닮았다고 말하는 제이미의 모습 플래시백. 그림이 비슷한 걸 보고 슬쩍 웃는 기태.

기태   (잠든 완에게) 솔직히 말해봐. 너, 아직 나 좋아하잖아.

완의 머리카락을 넘겨주는 기태.

기태   그대로네.

기태, 한참 자는 완을 바라보다가 졸린지 스르륵 완의 옆에 같이 엎드린

다. 완, 놀란 듯 눈을 뜨고. 쿵쿵 심장 소리 들린다.

S#5 사무실 몽타주

며칠 밤을 지새운 듯 초췌한 얼굴과 옷차림의 직원들. 모니터를 쳐다보며 바쁘게 일하고 있다. 그리고 분주하게 돌아다니며 체크하는 태오.

키보드 쳐지는 Ins.
완성되는 그림 Ins.
달리는 프로그래밍 모니터 속 코딩 문구, 주석들 Ins.
끌리는 화이트보드 바퀴 Ins.

S#6 사무실, 낮

써니   (엔터를 딱 누르며) 하, 드디어.

태오   (손뼉 짝 치며, 모두에게) 여러분 드디어! 베타 테스트 링크 올라갔어요. 다들 고생 많았습니다.

모두 지쳤지만 수고했다며 박수.

기태	이제부터 고생 시작이죠, 뭐. 각자 영역에서 리포트 올라오는 것들 팔로우업 해주시고 제이미, 리스트 정리 부탁해요.
제이미	넵!
태오	퇴근 시간까지 급한 건만 처리하고, 오늘은 우리 진짜 회식합시다. 다들 어때요? 제발.
제이미	(손 번쩍 들고) 우리 고기 먹어요! 며칠 동안 밥도 제대로 못 먹었잖아요.
태오	오케이!

태오와 제이미는 신났고, 기태와 써니, 완은 고갤 절레절레한다. 태오와 제이미, 팀원들을 강제로 끌고 나간다.

S#7　고깃집, 밤

고깃집에 들어온 완, 돌아보니 기태의 옆자리만 비어 있다. 망설이는 완을 보며 빈 의자를 팡팡 치는 기태. 완, 못 이기는 척 억지로 앉고 기태, 만족스럽게 웃는다.

태오	다들 진짜로 고생 많았어요. 여러분들 덕분에 여기까지 무사히 왔습니다. 앞으로 조금만 더 고생합시다. 피곤해서 서로서로

날 세웠던 것도 풀고요~

태오 말 끝나자마자 일동 기태와 완 쳐다보는. 시선을 느낀 기태, 눈빛으로 항의하고 완은 어색하게 웃는다.

태오   (잔을 내밀며) 아무튼! 건배합시다, 수고했어요!
일동   건배!

원샷하고 잔을 내려놓는

제이미   이게 대체 얼마 만에 맥주야! 너무 감격스러워요…
써니   (남은 맥주를 털털하게 넘기며) 아니, 뭐. 또 오랜만에 회식하니까 좋긴 하네요.

한편에서 무심한 표정으로 완의 앞접시에 고기를 쌓아주는 기태.

태오   이안, 들어오자마자 일이 너무 많아서 힘들었죠? 이안 씨는 이제 출근 몇 주 안 남았는데, 벌써 아쉬워.
완   아니에요. 다들 잘 챙겨주셔서… 감사합니다.

태오와 대화하던 완, 앞접시에 쌓인 고기와 계속 고기를 옮기는 기태의

손을 한 번씩 본다. 기태를 쳐다보며 눈치를 주는데, 그 모습을 바라보던
제이미.

제이미   근데 저 질문 있어요.

태오   뭔데, 뭔데?

제이미   (기태와 완을 보며) 두 분 무슨 사이예요? 원래 알고 있던 사이인
          것 같은데!

완   어… 그러니까…

기태   고등학교 동창이에요.

완, 고개를 휙 돌려 기태 쳐다본다.

제이미   헐, 진짜요?

써니   그런데 그렇게 갈궜단 말이야? 이안, 솔직히 한 대 패고 싶을
          때 있었죠?

완, 질문 듣자마자 쌓인 게 많다는 표정으로 동의한다는 듯 끄덕이고, 다
들 웃음 터지는

태오   근데 요즘은 또 괜찮지 않나? 일이 많아서 싸울 겨를도 없는
          건가?

써니 뭘 모르시네. 제가 느끼기에는 신종 괴롭힘인 것 같은데. 그
··· 짜증 돋우려고 일부러 들러붙는 친동생 같은 그런 느낌? 아
닌가.

제이미 그런 건가? 나는 오히려 둘이 너무 가까운 것 같아서, 원래 가
까울수록 틱틱대는 법이잖아요.

완, 사레가 들리고 와중에 사레들린 완에게 자연스레 물 잔을 건네주는
기태. 기태, 머쓱해져서 괜히 일어나 화장실로 자릴 뜬다. 제이미, 술에
취해 꼬인 혀로 완에게 가까이 다가간다.

제이미 난 울 팀이 사랑이 많았으면 좋게써요~ 완 님, 좋아하는 사람
있어요?

완 아, 뭐. 아뇨.

제이미 에이, 좋아했던 사람은?

완 (곤란한 표정) 글쎄요. (어색한 웃음)

제이미 모쏠이에요?

완 뭐, 네···

제이미 와, 대박. 사랑했던 사람 없어요? 최근에, 아님 옛날이라두?

완의 곤란한 표정.

제이미	안 되겠다. 그, 써니. 그때 그, 내 친구. 이거 주선을 해야겠어.
써니	이안 님, 그냥 무시해요. 이게 제이미 주사예요.
제이미	아, 이안 님. 그거 알아요?
써니	와, 시작됐다.
제이미	나 사실… 예전에 에디 좋아했어요. (순수한 웃음) 잠깐? 아주 잠깐? 조금? 아니, 많이?
완	네?
써니	자자, 사랑은 각자서들 하시고. 술 먹읍시다.

그때 화장실에서 돌아오는 기태. 기태를 바라보며 완에게 비밀이라는 듯이 찡긋 윙크를 하는 제이미. 완, 그런 제이미를 보며 표정 관리가 되지 않는다.

S#8 고깃집 앞 거리, 밤

만취한 제이미와, 제이미를 막아서는 써니. 택시 도착하고, 써니가 취한 제이미를 데리고 올라탄다. 태오도 조수석 문을 열고 탄다.

태오	오늘 고생 많았어요! 두 사람 다 조심히 들어가요.
기태	(질린다는 듯) 아, 예. 들어가세요.

완   오늘 감사합니다!

택시 떠나고, 어색하게 남은 기태와 완.

완   맥주 한 잔 더 할래?

S#9 공원, 밤

늦은 시간이라 아무도 다니지 않는 공원에 나란히 앉은 기태와 완. 편의
점에서 사 온 맥주를 딴다.

기태   (맥주 캔 내밀며 오버하는 조로) 짜안!

머뭇하는 완.

기태   좀 해줘라. 둘이서 술 마시는 거 처음이잖아.
완   뭐?
기태   너 그리고 사라져서. 성인 되고 처음.
완   아…

완, 맥주 캔만 만지작거리다 기태가 내민 맥주 캔에 짠 하고 부딪쳐준다.
한 모금 마시는 둘.

기태   너 나한테 뭐 할 말 있어 ?

완   아니, 뭐.

기태   근데 웬일로 네가 먼저 맥주를 먹자고?

완   아까, 제대로 못 먹어서.

기태   왜?

완   그냥… 좀 불편해서.

기태   (완을 귀엽다는 듯이 쳐다보다가) 제이미 때문에?

완   (들킨 마음에 소심하게 발끈) 아니, 뭘 제이미 때문이야?

기태   아니, 제이미 오늘 타깃은 너던데?

완   (발끈) 아, 원래는 너였나 보지? 제이미가 너한테 관심 있는 것
       같던데. 있었던 건가, 과거형이든 뭐든.

기태   (완이 귀엽다는 미소) …너, 질투하는 거야?

완   …뭐, 뭔 소리야!

기태   너 나 좋아하지?

완   (당황해서) 뭐…?

기태   난 아무리 생각해도 네가 아직 나 좋아하는 거 같거든.

완   (얼굴 붉어져서) 뭔 소리야.

기태, 완의 얼굴에 가까이 다가간다.

기태   너 얼굴 빨개.

완   (떨리는 목소리로) …취해서 그래.

기태, 천천히 더 가까이 다가가 갑자기 완에게 키스한다. 당황해서 살짝
고개를 뺐다가, 눈을 감고 기태의 입맞춤에 응하는 완.

S#10 음악실, 오후

완, 음악실 문을 확 연다.

완   기태야, 너 여기…

기태가 여사친 쪽으로 몸을 기울이고 얼굴을 붙잡고 있는 모습을 목격하는 완. 흡사 입맞춤을 하고 있는 느낌. 충격받은 완, 문을 쾅 닫고 그대로 돌아 나간다.

S#11 음악실 문 앞/이어서

돌아 나온 완. 뛰는 심장을 진정시키려고 가슴에 손을 얹고 심호흡한다.

* 게임 문구

"짝남의 여사친과의 스킨십을 목격했습니다. 당신의 선택은?"

1. 이대로 짝사랑을 그만둔다.
2. 다시 문을 열어 상황을 마주한다.

S#12 음악실, 오후

기태와 여사친 사이에 놓인 할리갈리 게임. 두 사람이 서로 벌칙으로 이 마를 때리며 살벌하게 다투고 있다. 친한 남매 느낌이 물씬 난다.

기태   너 한 대 더 맞아야 돼!
여사친   아씨, 왜 이래 미친놈이.
기태   조심 좀 해라. 안 봐준다.
여사친   그나저나 너 애인 만나러 가냐? 왜 이렇게 들떴냐.
기태   나 만나러 갈 사람 있어.
여사친   오, 진짜 애인이야? 누구, 누구?

그때, 문이 드르륵 열리며 숨을 헐떡이고 있는 완. 기태와 여사친을 번갈 아 보는데 애인 느낌이 전혀 아니라 당황한다.

기태   (활짝 웃으며) 왔다.

여사친   쟤야, 네 애인?

기태   애 말 무시해. 완아, 가자!

기태, 완에게 어깨동무를 하며 동아리실 밖으로 나간다.

* 게임 문구

"2번을 선택하신 당신, 여사친을 이기고 짝남과의 다음 스테이지에 갈 수 있습니다."

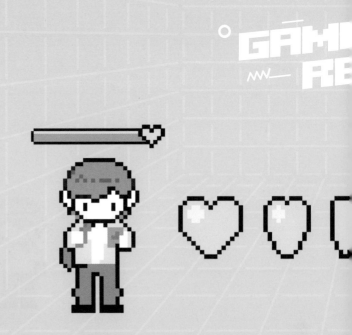

EPISODE 6

떨어지지 말자는 약속

START?

S#1 공원, 밤 (EP5 마지막 신에 이어서)

기태   너 얼굴 빨개.

완   (떨리는 목소리로) …취해서 그래.

기태, 천천히 더 가까이 다가가 갑자기 완에게 키스한다. 당황해서 살짝 고개를 숙였다가, 이내 기태 입맞춤에 응하는 완. 한참 입 맞추다 입술 떼고

기태   이번엔 둘 다 안 피했어.

완   …

기태   …우리, 다시… 가볼래?

흔들리는 완의 눈동자. 눈 맞추다가 취한 듯 완의 어깨로 스르륵 기대는 기태. 기태를 바라보다가 이내 따라 눈을 감는 완의 표정에서 Cut to.

S#2 사무실, 다음 날 아침

자리에서 꾸벅 조는 완을 둘러싸고 구경하는 듯한 써니, 태오, 제이미.

써니   어제 에디랑 따로 2차를 가셨나?

태오   …귀, 귀엽다…!?

제이미   (태오 등짝 때리며) 어우 주책이야! 이안은 따로 임자 있거든여!

화들짝 졸다가 눈을 뜨는 완. 숙취와 어젯밤 기억 때문에 정신없어 보인다. 그때 완과 달리 말짱해 보이는 기태가 들어온다.

기태   (밝은 목소리로) 좋은 아침입니다~

가벼운 발걸음으로 자리에 앉는데, 맞은편에서 자신에게 보이지 않기 위해 숨는 완이 눈에 들어온다. 기태, 몰래 웃고

기태   아, 이안.

완   (화들짝 놀라며) 네?

기태   뭘 그렇게 놀라요. 할 얘기 있으니 잠깐 따라와요.

완   (올 것이 왔다는 표정) 지금요?

S#3 회의실, 낮

마주 앉은 기태와 완. 기태, 태블릿 화면을 보여주면서 설명한다.

기태   이 버튼 클릭한 다음에 얼러트 화면이 빠졌더라고요. (넘기며)
      프로필 화면 수정할 때 같이 챙겨주시면 좋을 것 같고…

완   아… 네.

기태   아, 적을 게 없구나. 제가 정리해서 전달해드릴게요.

완, 얼빠져서 말이 없다.

기태   아 그리고, 그 대답은…?

완   네? (누가 들어올까 두리번거리면서) 무슨 대답…?

기태   (빙글 웃으며) 어제 일 기억 안 나요?

완   어젠 너도 나도 취했고… 그러니까…

기태   난 안 취했는데. 민망해서 취한 척한 거지.

완   그럼 진심이야…?

기태   너는 그럼 진심도 아닌데 막 키스하고 그러는가 보지?

완   (얼굴 붉어져서) 넌 회사에서 무슨 키스 얘기를 해… (기어들어가는
      목소리)

기태, 귀엽다는 듯 소리내 웃고

기태   그래서 싫어?

완   …뭐, 그, 더 해봐.

기태   뭘?

완   나 진짜로 좋아하는 거면, 짝사랑. 조금만 더 해보라고.

완, 부끄러운 듯 먼저 자리에서 휙 일어나 새침하게 나간다.

기태   (감탄하며) 와… 진짜 미치겠네.

기태, 따라 나가 앞서가는 완의 뒷모습을 보고 큭큭 웃는다.

기태   (완의 뒤통수에 대고) 얘기 못 한 나머지는 파일로 정리해서 보내
            줄게요~

완, 얼굴 빨개져서 빠른 걸음으로 자리에 가 앉는다.

S#4 숙직실, 아침

오랜만에 늘어지게 자고 있는 완. 문자가 도착한다.

      Ins. 문자 메시지

      뭐 해? −기태

완, 힘겹게 눈을 떠서 겨우 답장한다.

> Ins. 문자 메세지
> 자. ─완
> 데이트하자. ─기태

완, 잠이 깨서 눈을 비비고는 핸드폰을 들어 한 번 더 확인하는. 그때 기태에게 전화가 걸려 온다. 벌떡 일어나는 완. 잠시 망설이다가 괜히 옷매무새를 만지고, 몇 차례 목을 가다듬고는 조심스레 전화를 받는다.

기태	아직도 자?
완	…주말이잖아.
기태	데이트하자.
완	갑자기?
기태	응, 준비하고 나와.
완	야.
기태	어?
완	누가 데이트 신청을 그렇게 해?
기태	그럼?
완	넌 짝사랑해본 적 한 번도 없지?
기태	…

그리고 뚝 끊긴 전화. 완, 어이없다는 듯 핸드폰 화면을 바라본다. 그러자 곧이어 다시 기태에게서 전화가 걸려 오고

완   여보세요?

기태   어, 완아. 있잖아. 지금 통화 가능해?

완   (귀엽다는 웃음) 응.

기태   내가 어쩌다 전시회 티켓이 생겼는데. 너 오늘 약속 없으면 같이 갈래?

완   (약간 웃으며) …음. 글쎄. 난 전시회는 별로 안 좋아해서.

기태   아…

완   (웃음)

기태   그치! 그럴 것 같았어. 그럼 너 가고 싶은 데 가자. 기다릴게.

완   그래, 생각해볼게.

통화가 끝나고 완, 웃으며 침대에서 일어나 급하게 거울을 보며 외출 준비를 한다.

S#5 공원, 낮

공원을 거니는 기태와 완.

기태   넌 할아버지 될 때까지 공원 데이트만 할 것 같아.

완   (들떠서) 조용한 데가 좋아.

기태   (완의 귀에 대고 크게) 네, 할아버지.

완   (웃음) 아, 하지 마!

기태   근데 나 뭐 하나만 물어봐도 돼?

완   뭐…?

기태   나 얼마나 더 해? 짝사랑.

완   음, 글쎄. 내가 했던 거 따라오려면 한참 더 해야 되는데.

기태   음. 내 짝사랑이 언제부턴 줄 알고?

완   … 언제부터였는데.

기태   너 사라지고부터?

완, 놀라 기태를 쳐다본다.

기태   생각보다 오래됐지? 그러니까 빨리~ 나 짝사랑 싫어. 답답해.

완   (웃으며) 근데 너도 진짜 나 좋아했어?

기태   …그렇다니까? (삐진 척) 저번에도 그러더니. 못 믿겠으면 말고.

완   (수상하다는 듯) 그럼 그동안 연애도 한 번도 안 했고?

기태   (당황해서) 어…

완, 기태를 노려본다. 기태, 뻐근하다는 제스처를 취하며

기태   그게… 이제 다른 데로 이동할까? 더 조용한 데 없나?

완   (기태 손 막으며) 어디 한번 얘기해봐.

기태   (안절부절) 아니, 그냥 대학교 신입생 때 멋모르고… 한 번?

완   거봐, 7년 짝사랑 다 거짓말이네.

기태   거짓말 아닌데… 그 연애 하면서 오히려 확신이 들더라. 내가
      좋아하는 사람은 너라는 거.

완   … (기태 쳐다보고 작은 목소리로) 그럼 나랑도 해.

기태   어?

완   나랑도 하자고, 연애. (기태가 다 정리한 돗자리를 뺏는다)

기태   (얼떨떨) 진짜지?

완   싫으면 말고.

완, 새침하게 앞서가고 기태, 바로 따라가 완의 손을 꽉 잡고 같이 걷는다.

기태   야, 그럼 넌 연애했어? 그동안?

완   … (대답 없고)

기태   응?

완   … 당연히 했지!

기태   했다고? 누구랑? 어떤 놈인데?

완   어? (당황) 그, 있어. 있었어. 너는 모르는 사람인데…

완을 빤히 쳐다보는 기태.

완   (기태와 눈 마주치고) 하… 그래 없었다! 됐냐?

기태   (만족스러운 표정으로 웃으며) 응.

완   (앞머리 내린 기태를 보고) 너 그 머리 하지 마. 짜증 나.

기태   남친 단속하는 거야?

남친이라는 말에 확 부끄러워진 완, 빠르게 걷고. 투닥대며 걸어가는 두 사람 뒷모습.

S#6 회사 1층 로비, 밤

핸드폰 화면 속, 기태와 완이 공원에서 찍은 셀카들을 흐뭇하게 보며 로비를 걷고 있는 기태. 완에게 전화를 걸려고 하는데, 그때 엘리베이터 쪽에서 완이 제이미와 의문의 여자와 함께 내리는 것을 발견한다. 당황한 듯한 완의 얼굴과 한껏 텐션이 오른 듯 보이는 제이미. 수줍은 듯한 여자의 표정. 완은 어색한 듯 고개만 끄덕이다가 무슨 얘기를 들었는지 환하게 웃는다. 기태, 참지 못하고 바로 완 쪽으로 성큼 다가서는데 바로 그때 기태를 뒤에서 잡아끄는 태오.

기태   아아, 뭡니까!

태오   (기태에게 어깨동무하며) 나한테 눈치 없다고 구박한 사람이 누구

       였나?

기태   놔요. 뭡니까.

태오   방해하지 말아요. (왼 쪽으로 고갯짓하며) 제이미가 계속 말했던 이

       안 임자가…

기태   (발끈) …임자?

태오   (잠시 쫄며) 으응. 임자, 임자. 이안 들어오자마자 계획된 소개팅

       이야. 제이미의 오랜 숙원 사업. 그러니까 방해하지 말고. 우리

       둘이 오붓하게 밥 먹으러 가자구요.

기태, 어이가 없다는 표정으로 완에게 가려 하지만 눈치 없이 기태를 제
압하고 막는 태오.

기태   아오, 이것 좀 놓으시죠!

태오, 기태를 제압하다가 돌연 기태의 핸드폰 쪽으로 고개를 들이밀며

태오   그나저나 뭐 보고 있었어요? 뭐야? 어?

기태, 서둘러 핸드폰 화면 숨기며

기태   놓으시죠! 네?

그 사이 로비 밖으로 나가는 완, 제이미, 소개팅녀. 투덕대며 남은 기태와
태오.

S#7 회사 엘리베이터 앞/엘리베이터, 밤

어두운 표정의 태오와 기태가 엘리베이터 앞으로 선다.

태오   에디는 배 안 고파요? 밥을 한 숟갈도 안 먹고. 덕분에 두 그릇
        다 비웠네. 어우, 배불러.

기태, 질투에 휩싸인 표정으로 아무 말도 않고 엘리베이터만 응시한다.
그때 뒤에서 제이미와 완이 다가온다.

제이미   두 분, 밥 맛있게 먹었어요?
태오   (의미심장한 표정) 두 분은 재밌었어요?
제이미   비밀~
기태   (딱딱한 말투) 늦었네요, 두 사람?
완   어… 그게…

기태   (완 쳐다보지 않고) 오늘 야근 커피빵, 제이미 차례 아니었나요?

제이미   …어, 그랬나 봐요?

제이미, 기태의 눈치를 보며 그대로 내려가는 엘리베이터를 잡는다.

태오   다녀와~

기태, 태오에게 찌릿 눈빛을 보내며

기태   제이미 혼자 들고 오긴 많지 않겠어요?

태오, 기태의 눈치를 보다가 쏜살같이 제이미 쪽으로 붙어 내려가는 엘리베이터에 탑승한다. 둘만 남은 기태와 완. 약간의 정적.

기태   뭔데, 아까 그거?

완   뭐? 아, 그게 제이미 친구분이 내 그림 팬이라고 하셔서 제이미가 자리를 만들었더라구.

기태   그러니까 팬 미팅이었다? 소개팅이 아니라?

완   뭐야, 근데 왜 이렇게 화나 있어? 질투해?

기태   어. 나 질투해. 질투 안 하게 생겼어? 내 남친이 소개팅을 나갔는데.

완   남친?

기태   맞잖아.

주위를 살피며 손을 잡으려는 기태와 누가 볼까 봐 난처한 표정으로 손
을 빼는 완.

기태   아, 왜?

완   미쳤어? 누가 보면 어쩌려고…!

옥신각신 다투는 와중에 엘리베이터 문 열리고, 안에 써니가 타고 있다.
완, 화들짝 놀라서 기태를 밀치고 엘리베이터에 먼저 올라타는

기태   야! 아프잖아!

완, 고갯짓으로 써니 가리키며 기태를 향해 눈 부릅뜨고

기태   …요.

완   하하. 써니, 식사 맛있게 하셨어요?

써니   둘이 요즘 엄청 다정하네.

완   아… 하하, 네. 덕분에 저번 회식 이후로…

써니   잘됐네요.

S#8 회사 옥상, 밤

기태, 앉아 있고 완, 옥상 난간에 기대서 있다.

완   너 진짜, 너무 조심성이 없어.

기태   왜, 뭐. 우리가 사귄다는데?

완   너 들키면 어떻게 되는지 몰라?

기태   뭐 어때?

완   하긴. 난 좀 있으면 다시 여기 올 일 없을 테니.

기태, 어떻게 그런 말을 할 수 있냐는 표정으로 완을 쳐다본다. 완, 뱉어 놓고 아차 싶다.

완   아니, 우리가 헤어진다는 게 아니라…

기태, 일어나서 완에게 다가가 짧게 입 맞춘다.

완   야…! 너 조심 좀 해. 여기 회사야.

기태   부정 타지 말라고. 우리가 어떻게 다시 만났는데.

완   …미안.

기태   미안하면 잘해. 미안하면 앞으로 도망가지 말고.

진지한 기태의 얼굴. 말에 뼈가 있다. 완, 고개 푹 숙이는

완   …그렇게.

기태   그리고 너무 막 웃어주지 마. 다른 사람들한테. 제이미가 소개
        팅 같은 거 시켜준다고 하면 딱 거절하고.

완   (기태 쳐다보며) 아직도 질투하는 거야?

기태   하나 더. 그 귀여운 옷 입고 출근하지 말고.

완   남친 단속까지?

결국 웃음 터진 두 사람. 기태, 완 쪽으로 손을 내민다.

완   뭔데?

기태   잡자고. 손.

완, 민망한 듯 한 번 거절했다 결국 기태에게 잡혀준다.

기태   있잖아, 이번 게임 잘될 거 같아. 반응도 좋고.

완   그래? 다행이다.

기태   나 너랑 회사도 다니고 연애도 하는 거 진짜 좋다?

완   (기어들어가는 목소리로) 나도 그래… 야, 근데 너무 오글거려.

기태   원래 연애하면 다 그런 거 아니냐? 그래서 말인데, 다음 프로젝

트도 이런 톤으로 하면 어때? 너 순정이 전문이잖아. 청춘물로
하나 더 기획해보자.

완   …

기태   그니까. 이번 프로젝트 끝나도. 나랑 계속 같이 붙어 있자고.

완   그래, 생각해볼게.

기태   뽀뽀.

완   (주변과 옥상 문 쪽을 살피며) 얘가 진짜…!

완, 기태의 뺨을 손으로 밀어버리고 손으로 부채질을 한다. 기태, 귀엽다
는 듯 큭큭 웃는다. 그때 완, 주머니에서 느껴지는 진동에 핸드폰을 꺼
낸다.

    Ins. 완의 핸드폰, 문자 메시지
    나 안 PD예요. 번호가 바뀌었어요. 제안하고 싶은 게 있는데 만
    날 수 있을까요?

완, 뜻밖의 문자에 놀라 눈이 커진다.

완   (Na) 너무 행복할 때는 아주 작은 진동도 큰 불안으로 느껴진
        다. 지금처럼.

6부 쿠키 |

S#9 시뮬레이션 게임 속 학교 교실, 모후(밤과 후)

모두 하교한 교실, 책걸상이 뒤로 밀려 있다. 대걸레로 바닥을 밀고 있는
완과 책상에 걸터앉아 농땡이 피우는 기태.

기태   언제 끝나?

완   그렇게 보고만 있지 말고 도와주던가 그럼.

기태   그러게 누가 지각하래?

완, 대걸레를 꽉꽉 밀며 한숨 쉰다. 기태, 걸터앉은 책상에서 내려와 완에
게 다가간다. 완의 진로를 방해하며 계속 알짱거리는

기태   그냥 대충 하고 가면 안 돼?

완, 고개 절레절레 젓는다.

완   안 돼… 쌤이 이따 검사하러 온댔어. 저번에도 너 때문에 토꼈
        다가 걸렸잖아.

완, 기태 지나쳐서 계속 대걸레질한다. 기태, 그런 완을 마주 보고 막아서
고 완, 기태와 부딪칠 뻔한다.

완   아, 좀! (기태의 얼굴 너무 가까워 놀라는)

기태, 씩 웃고

기태   (속삭이는) 야, 그냥 도망가자.

완, 얼굴 빨개진다.

* 게임 문구
"짝남이 같이 도망가자고 합니다. 당신의 선택은?"

1. 안 돼, 이거 다 끝내야 해.
2. 그럴까?

완	(떨리는 마음 애써 아닌 척 시치미 떼며) … 도망가서 뭐 할 건데?
기태	(더 가까이 다가가서) 글쎄… 뭐 할까? 너 하고 싶은 거?
완	그런 거 없는데…
기태	난 있는데.

기태, 완에게서 떨어져서 가방을 둘러메고 뒷문 쪽으로 간다.

기태	진짜 안 가?
완	재미없기만 해봐.

완, 대걸레를 교실 뒤편에 세워둔 다음 가방을 메고 기태를 따라나선다.

S#10 시뮬레이션 게임 속 학교 복도/이어서

아웅다웅하며 나란히 걷는 기태와 완. 그때 뒤에서 선생님이 소리치는
목소리 들리고.

선생님	야! 어디 가! 청소 다 했어?
완	야, 어떡해?
기태	그냥 뛰어!

기태, 완의 손목을 잡고 달린다. 한참 달리며 마주 보고 웃는 두 사람.

* 게임 문구
"2번을 선택한 당신, 짝남과 당신의 심박수가 동일해졌습니다. 다음 스테이지로 이동합니다."

S#1 매직툰 웹툰 회의실, 낮

완의 앞으로 놓여지는 커피 한 잔. 안 PD와 완, 마주 앉아 있다.

안 PD   오랜만이네요. 잘 지내셨죠?

완   (수줍은 미소) 네, 다시 뵐 줄은 몰랐네요.

안 PD   전 금방 뵐 줄 알았는데. (웃음) 아, 리트라이 게임 회사에서 원화 작업하시던데요.

완   네, 그때 만나 뵙고 바로 컨택이 와서요.

안 PD   우리 쪽에선 벌써 작화 입소문 나고 있던데요. 역시 놓치기 아까운 작가님이셨어.

완   아, 아닙니다. 회사 팀원들이 너무 좋아서…

안 PD   완 씨도 이제 다른 그림 그릴 준비가 된 것 같아 보여요. 그죠?

안 PD를 쳐다보는 완의 얼굴, 어딘가 복잡미묘한 표정.

안 PD   타이밍이란 게 진짜 요상해. 그날 완 씨랑 최종 면접에서 헤어지고 다른 신인 작가 세 명이 뽑혔어요. 그리고 출국 준비하고 있는데… 작가 한 명이 갑자기 못 나가겠다는 거예요. 도대체 왜냐 물어보니까, 자기가 그림을 왜 그리는지 모르겠대. 갑자기 그 이유를 찾아야겠대. 참 나.

완	아, 네…
안 PD	두 명만 데리고 가기엔 우리 쪽에서 계약한 작품 건이 있어서 좀 연기됐었어요. 그러다가 완 씨 소문 듣고 캐릭터 원화 찾아봤는데 그림이 더 좋아졌더라고? 캠프 같이 가요, 작가님. 우린 한 달 뒤에 호주부터 돌 거예요. 스토리는 우리 쪽 선수 붙여서 잘 풀어갈 거고.
완	아, 너무 감사한데. 제가 지금 들어가 있는 프로젝트가…
안 PD	어플 출시되면 빠지기로 한 거 아닌가요? 뭘 망설여요. 무조건 가야지, 이건.
완	…
안 PD	지금 하고 있는 일은 계단인 거지, 최종 목적지가 아니잖아요. 아!
완	네?
안 PD	내가 왜 그림을 그리는지, 그 의미 찾기 금지예요. 나 그거 노이로제 있어요.

완의 곤란한 표정.

안 PD	내일모레쯤 다시 보시죠. 커리큘럼 구체적으로 소개할 겸, 친해질 겸. 그럼 이만.

(시간 경과) 안 PD가 떠나고, 혼자 자리에 앉아 고민에 빠져 있는 완.

S#2 기태의 집, 낮

맑은 날씨에 햇살이 따사로운 주말 한낮. 거실에 평화롭게 누워 있는 기태와 완. 완은 만화책을 보고 있고 기태는 게임을 하고 있다.

기태   (완의 만화책을 들춰 보며) 너는 진짜 만화 오타쿠다. 인정해. 직업
                잘 골랐어.

완   그러는 너는.

기태   (손에 쥔 게임기 바라보며) 어, 그렇네.

기태, 게임기를 집어 던지며 완을 끌어안는다.

기태   우리 이러고 있으니까 고딩 때로 돌아간 것 같다. 체육 수업 땡
                땡이치고 몰래 교실 짱박혀서, 난 게임 하고 넌 만화 보고. 그러
                다 친해졌잖아. 그때 좋았는데, 그치?

완   (새침) 좋긴. 네가 게임 하다 중간중간 소리 질러서 망친 그림이
                몇 장인데.

기태   그래서 싫었어? 싫음 딴 데 가서 그리지 왜 맨날 내 옆에 붙어

있었대?

완   뭐 그러다가 또 금방 잠들어서 조용해지니까, 봐줄 만했지.

기태, 장난스럽게 완을 추궁하는 표정으로

기태   내가 몰랐을 것 같아?

완   뭘?

기태   내가 게임 하다 잠들면 네가 나 뚫어지게 쳐다보던거.

완의 당황한 얼굴.

완   뭐, 뭐래. 내가 널 왜 쳐다봐.

완의 빨개진 얼굴에 기태, 세상 사랑스럽다는 표정.

기태   귀엽다, 귀여워. 자, (눈 감으며) 눈 감을게. 실컷 봐. 실컷. 자, 자.

완   (기태의 얼굴 밀며) 얘가 왜 이래 진짜.

완, 기태를 밀어내다가 기습 다가가 볼에 뽀뽀한다.

기태   (놀라 눈 뜨며) 얘 봐라.

기태, 완에게 간지럼 공격하고 서로 뒹굴며 간지럽히는 둘.

기태   완아.

완   응.

기태   나는 옛날 그대로야?

완   (고개 끄덕) 처음엔 왜 이렇게 싸가지가 없어졌지 했는데, 생각해
        보니까 싸가지는 옛날부터 없었어.

기태   애가 진짜. (다시 간지럼 공격하려 하자)

완   (막으며) 아, 알았어. 알았어… 나는? 나도 그대로야?

기태, 완의 얼굴을 찬찬히 훑고 고갤 끄덕이며

기태   응, 그대로야. 그래서 좋아. 평생 그대로 있어야 돼. 어디 가지 마.

기태, 완의 품에 안긴다. 완, 기태를 꼬옥 안는데 어딘가 생각이 많은
표정.

S#3 회사 1층 로비, 저녁

다 같이 퇴근하는 팀원들.

제이미 (기지개를 켜며) 으아아!

태오   요란하다, 요란해.

제이미 아니, 맨날 이거 할까 저거 할까 고르는 게임 들여다보고 있으려니까 머리 아파. 뭐 고르는 거 너무 어렵지 않아요?

태오   나는 그 선택 버튼을 둥글게 마감할까 뾰족하게 마감할까, 그걸로 머리가 아파요~

기태   (능청스럽게) 왜요, 난 연애하는 게임 만드니까 설레고 좋던데.

태오   뭐야 뭐야, 요즘 연애해?

써니   와우.

제이미 오 마이 갓. 진짜? 와, 나 배신감 들 것 같아.

태오   아니야, 아니야. 말이 안 돼. 매일 사무실에 짱박혀서 야근만 했는데 어느 시간에 연애를 해요? 헤르미온느도 불가능이라고 본다, 그건.

기태   불가능?

태오   뭐야, 진짜야? 뭘 진짜야. 에디 같은 성격에 뭘 연애냐.

기태, 발끈한 듯 태오에게 반박하려 하자 완, 팀원들 몰래 기태의 옷깃을 잡아당긴다.

태오   들어갑니다~

먼저 퇴근하는 태오, 써니, 제이미. 뒤에 남은 완과 기태, 투닥투닥 장난
을 친다.

기태 오늘 경우랑 진석이 만나는 거 알지?

완 (당황하며) 아. 오늘이었나? 미안, 미안… 나 갑자기 약속이 있
   는데…

기태 누구랑?

완 (둘러대며 대충) 그냥, 어… 아, 어차피 너 모르는 사람이야.

두 사람 건물을 빠져나오는데, 안 PD가 기다리고 있다.

안 PD 어, 이 작가님! 여기.

기태, 누구냐는 표정으로 완을 쳐다본다.

완 아, 안녕하세요. 어떻게 여기까지…

안 PD 이 작가님 차 없으시잖아. 버스 타면 좀 걸어야겠더라고? 에스
   코트하러 왔죠.

기태 누구신지…

안 PD 아, 회사 동료시구나? 전…

완 (말 끊고) 예전에 알던 피디님이야. (급하게 가며) 나 먼저 갈게! 친

구들 잘 만나고! 미안하다고 잘 전해주고.

안 PD, 으쓱하며 기태에게 가볍게 목례하고 완, 안 PD 차에 올라탄다. 기태, 당황스러운 표정.

S#4 술집, 밤

진석, 경우가 술집에서 먼저 술을 마시고 있다. 둘 다 어엿한 사회인이 된 모습. 투닥대는 건 여전하다.

경우   애들은 왜 이렇게 안 와?

진석   바쁘다잖아~ 근데 완이랑 7년 만에 보는 건가? 진짜 궁금하다.

뒤에서 기태 나타나며 자연스레 자리에 앉는다.

기태   야, 오랜만이다. 잘 지냈냐?

경우   이완은? 같이 온다더니?

기태   (기분이 조금 상한) 몰라. 약속 있다고 갔어. 미안하다고 전해달래.

(시간 경과) 혼자 매우 취해 보이는 진석과, 쌩쌩하게 술을 마시고 있는 경

우와 기태. 테이블에 빈 술병이 놓여 있다.

경우 (진석을 한심하게 보며) 누가 보면 혼자 맥주 3천 마신 줄 알겠네. (기태에게 고개를 돌리며) 근데 완이는 어떻게 다시 만났어?

기태 걔 우리 회사 다녀. 얼마 전부터.

진석 (혀가 꼬인 발음으로) 야! 걔는 지금까지 뭐 하고 살았대냐? 그렇게 죽었는지 살았는지도 모르게 없어지더니. 너 걔 졸라 찾아다녔잖아.

기태 내가 언제 또… 그 정도는 아니었지.

경우 그 정도 맞거든?

진석 애들아, 우리 그때 내기하지 않았었나? 나는 유학이었고… 한경우는…

경우 기숙 학원 같은 데 있을 거라고 했지 뭐.

기태 그냥… 대전 내려가고 군대 가고, 누나 가게 도와주고 그랬나 봐.

경우 야, 심지어 국내에 있었어? 근데도 못 찾은 거였어? 치밀한 새끼…

진석 그러면 내기 이긴 사람 아무도 없는 거야…? 아쉽다~

경우 이 와중에 그게 중요하냐 너는?

진석 그런 게 중요하지!

경우 (진석 입 틀어막고) 오랜만에 보니까 어떻디?

기태 그대로야.

진석	아~ 뭔가 아쉽다. 갑자기 짠 데뷔해서 나타나거나, 토끼 같은 자식이랑 나타나거나 이런 상상 했었는데… 시시하네.
기태	(발끈하며) 뭐?
경우	하여튼 상상이 지나쳐, 너는. 좀!
진석	왜, 뭐. 왜! 그럴 수도 있지…
경우	암튼 오늘 보나 싶었는데. 갑자기 안 오고, 사라지고, 여전하네 걔는.
진석	근데… 그때 왜 사라진 거래?
기태	어?
진석	나는 아직도 걔의 잠적 이유가 제일 궁금하다? 뭐였을까…
경우	야, 세상에 얼마나 많은 사정이 있는데. 그중 하나였겠지. 몰라, 몰라. 난 안 궁금해. 그 자식…

기태, 술을 털어 넣고 생각에 잠기는

기태	(Na) 그러고 보면 아직 듣지 못한 이야기가 많다. 그때 이야기를 꺼내면, 다시 그때처럼 사라질까 봐 일부러 모른 척하고 있었던 이야기들.
경우	자자자, 암튼! 오늘은 동틀 때까지 못 나간다. 달리는 거야, 어?
기태	안 돼. 나 일찍 들어가봐야 돼.
진석	뭐야, 이 새끼. 너 애인 생겼냐?

경우   새끼야. 얘가 누굴 좋아하겠냐. (정색하고 기태에게 얼굴 들이밀며) 진
         짜야?

기태   아씨, 술 냄새. 나 일찍 가봐야 되니까 빨리 마셔.

핸드폰 화면을 켜 시계를 확인하는 기태. 술잔을 들이켠다.

S#5 기태의 집, 밤

핸드폰 화면 속 시간. 새벽 2시가 넘었다. 초조해하며 완을 기다리고 있
는 기태. 그때, 띵동 하는 소리와 함께 문밖으로 향하는 기태.

기태   (기태에게 쏟아지는 완 받아 부축하며) 야, 야! 조심해. 좀.

완   (취해서) 내 남친이다~

기태   그런 남친 버리고 다른 남자랑 이 시간까지 술 마시고, 좋냐?
         누군데?

완   너도 마셨잖아! (기태 옷깃 부여잡고) 술 냄새 나…

기태   너한테서 나는 거야, 그거.

완   그런가?

취한 완을 소파에 눕히고, 그 옆에 걸터앉아 이불을 덮어주는 기태.

기태   너 일어나서 봐.

완   으음… (취해서 뒤척이는) 기태야~

기태   왜, 물 갖다 줘? 화장실 가고 싶어?

완   나 딴 데 가면… 너 싫지.

기태   …뭐?

완   그니까… 지금처럼 말고… (취해서 가물가물 잠드는 목소리)

기태   그게 무슨 소리야? 야, 완아. 응?

완, 기태 속도 모르고 잠에 스르륵 빠진다.

S#6 기태의 집 거실, 다음 날 아침

숙취에 괴로워하며 완, 거실로 나오는데. 굳은 얼굴로 콩나물국을 끓이고 있는 기태. 잠을 못 자서 퀭하다.

기태   일어났어? 해장해야지.

완, 딱딱한 기태의 목소리에 눈치를 살피며 식탁 의자를 빼서 앉는다. 한참 머리를 굴리는데 기태, 콩나물국을 완 앞에 내어준다. 조용히 국만 떠먹는 완.

완	어제 애들 잘 만나고 왔어…? 다들 잘 지내지?
기태	어제 뭐였어?
완	아… 그게. 그렇게까지 취할 생각은 아니었는데. 미안.
기태	그거 말고.
완	…그럼 뭐? 나 어제 뭐 실수했어?
기태	다른 데 간다는 게 무슨 얘기야?
완	…가긴 내가 어딜 가.

기태, 숟가락 내려두고 아이 같은 얼굴로

기태	완아. 나 무서워.
완	어…?
기태	너 또 내 눈앞에서 없어질까 봐 무서워.
완	…기태야. 그런 거 아니야.
기태	그럼 어제 그 얘긴 뭐야? 취중진담 아니야?
완	…(대답 못 하는)
기태	말 못 해도 상관없어. 어차피 답은 정해져 있으니까. 너 이번엔 나 못 떠나. 못 도망쳐. 내가 그렇게 만들 거야.

S#7   사무실 안, 낮

사무실 안, 자리에 앉아 모니터 속 캐릭터 시안을 응시하고 있는 완. 복잡한 마음에 그림을 그리지 못하고 있다. 회의실 너머, 태오와 회의하고 있는 기태의 뒷모습을 바라보다가 다시 그림에 집중하려 하지만 그렸다 지웠다를 반복하는 손.

S#8   주택가 골목길, 저녁

복잡한 마음에 혼자 동네를 산책하고 있는 완. 그때, 전화 벨소리 울린다. 연이다.

완	여보세요?
연	완아… 식당에…
완	누나, 무슨 일이야?
연	…
완	그 사람들이야?

연의 전화 너머로 들리는 빚쟁이들의 거친 시비 소리. 완, 거기까지 듣고 그대로 굳은 듯 멈춰 선다. 전화기를 들고 서 있다가 그대로 달려가는 완.

S#9 기태의 집 거실, 밤

착잡한 얼굴로 소파에 앉아 있던 기태. 걱정이 되어 핸드폰을 꺼내 문자를 남긴다.

> Ins. 문자 메시지
> 너무 몰아붙여서 미안. 이야기 좀 하자. ‒ 기태

문자를 보내고 한참이 지나도 답장이 오지 않는다. 시계를 한 번 보고 완의 번호로 전화를 거는 기태. 그런데 핸드폰이 꺼져 있다.

⒠ 고객님의 전화기가 꺼져 있어 삐 소리 후에 음성 사서함으로 연결됩니다.

순식간에 불안감이 증폭되어 굳어버린 기태. 황급히 집 밖으로 달려 나간다.

S#10 주택가 골목길, 밤

골목 이곳저곳을 달리며 완을 찾는 기태.

기태   완아! 이완!

골목들을 이리저리 헤매지만 완은 없다. 기태, 눈에 맺힌 눈물을 팔로 쓱 닦는다.

기태   완아! (울먹이며) 너 어디 갔어…

다리에 힘이 풀린 듯 주저앉는 기태. 그때, 저 멀리 기태를 발견하고 다가오는 완.

완   기태야… 너…

기태, 그제야 완을 보고 그대로 무너지듯 완을 껴안는다.

기태   (울면서) 너 어디 갔었어. 전화는 왜 꺼놨어? 나는 네가 또…
완   누나네 가게에 일이 좀 생겨서…
기태   …
완   예전 그 빚쟁이들인 줄 알았는데 그냥 취객들이었어. 경찰 불러 잘 해결됐고…

기태, 아이처럼 완에게 안겨 엉엉 운다.

완	(무너지는 기태 일으켜 세우며) 기태야…
기태	네가 사라졌는데, 네가 어딜 갔을까 하나도 생각이 안 나더라.
완	…
기태	7년 전이랑 똑같이. 병신같이.
완	미안해, 기태야.
기태	내가 말했잖아, 무서워. 네가 내 눈앞에서 없어지는 거 그게 제일 무섭다고.
완	(울먹이며) 미안, 내가 미안…

완을 끌어안는 기태와 흔들리는 눈으로 받아주는 완. 기태의 등을 쓸어주다가 가만 눈을 감는다.

S#11 기태의 집 거실, 밤

지친 기색으로 소파에서 잠든 기태, 완의 손을 꼭 붙잡고 있다. 기태를 바라보는 완, 한숨 쉰다. 그때 안 PD에게 전화가 걸려 온다. 완, 기태의 손을 잠시 놓고 주방으로 가 작은 목소리로 통화를 이어간다.

안 PD	저번에 잘 들어갔죠? 대답을 아직 못 들어서. 빨리 결정해주면 좋겠는데.

완   그게… 시간을 좀…

안 PD   저도 그러고 싶은데. 우리도 일정이 있어서요.

완   하…

안 PD   이거 진짜 좋은 기회인 거 알죠? 이번 아니면 다시 없을 수도
          있어요. 내일까진 알려줘야 해요.

완, 착잡한 표정으로 전화를 끊는다. 그러다 면접 때 기태의 질문을 떠올
리는 완.

        Ins. 완의 회상/EP1-S#4

        기태   그럼 두 번째요. 만약 프로젝트 중에 다른 데서 스카
                우트 제의가 온다면 어떻게 하시겠어요?

        완   만약 너무 좋은 제안이면 프로젝트가 끝날 때까지는
                기다려달라고…

        기태   (말 끊으며) 당장 선택하지 않으면 기회가 날아가요.
                미룰 수 없어요. 이러면 어때요?

        완   그게, 그러니까… (고민하다 입술을 깨문다)

다시 돌아와서

완   그때도 대답을… 못 했네.

완, 잠들어 있는 기태를 한 번 쳐다보고, 복잡한 머릿속을 털어내려 고개
를 젓는다.

S#12 학교 교실, 낮

교실 안, 완의 자리에 몰려 있는 학생들. 완의 책상 위로 인화된 필름 사진들이 보인다. 진석이 사진들을 들어 올리며

진석   이야, 진짜 핸드폰 카메라랑은 차원이 다르네. 잘 나왔다.

그때 진석이 사진들을 유심히 살펴보다 말한다.

경우   야, 근데 우리는 없냐? 다 신기태뿐이네.

학교를 배경으로 찍은 사진, 하굣길에 찍은 사진 등 사진 곳곳에 기태 얼굴이 걸려서 찍혀 있다. 그리고 카메라 정면을 보고 환하게 웃고 있는 기태 사진. 그때 교실에 들어오는 완. 사진을 보고 있는 친구들을 보고 자리로 가 사진을 뺏는다.

완   뭐 하는 거야?

경우   야, 너 신기태 좋아하냐?

완   …뭐래.

완, 경우와 진석에게서 사진을 뺏으려 하는데 주지 않고 짓궂게 장난치는 둘. 진석은 완의 스케치북까지 펴 든다.

진석   야, 맞네. 얘 그림도 신기태는 그려주고. 우리는 한 번을 안 그려주고.

난감해 보이는 완. 그때 저 멀리 교실을 들어오고 있는 기태가 보인다.

기태   뭐 해?

기태, 완의 자리로 다가와 널브러진 자신의 사진과 그림 들을 보고 얼굴이 잠시 멍해지는데…

경우   야, 신기태. 얘가 너 좋아하나 봐. 너밖에 없다, 야.

＊게임 문구

"짝남에 대한 사랑이 들키기 직전, 당신의 선택은?"

1. 강하게 부정한다.
2. 기태를 좋아한다고 친구들에게 말한다.

우물쭈물하는 완. 사진과 친구들, 기태를 바라보며 어찌할 줄 몰라 한다. 기태, 완의 눈을 똑바로 쳐다보며 완의 대답을 기다리는 듯… 선택 종료 의 시간이 점차 다가오고, 이내 고갤 떨구는 완.

＊게임 문구

"선택하지 못하면 게임은 종료됩니다. 남은 선택 시간 5, 4, 3, 2, 1…"

EPISODE 8

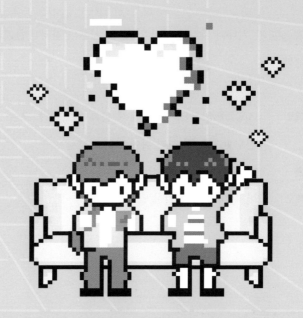

S#1　기태의 집 거실, 오전

밝은 햇살에 눈을 뜨는 완. 시간을 보니 어느덧 출근 시간이다. 서둘러 몸을 일으키는데, 옆에 기태가 없다.

완　　기태야.

대답 없는 텅 빈 거실에 홀로 서 있는 완. 거실 구석에 놓인 화분들 앞에 쭈그려 앉는다.

S#2　사무실, 오전

출근한 완. 기태의 자리가 비어 있다. 완, 기태의 자리를 물끄러미 바라보는데

태오　　(팀원들에게 다가오며) 자, 출시 이틀 전입니다. 오늘 마지막 회의 진행할게요. 한 시간 뒤에 다들 회의실로~

완　　(태오에게) 에디가 아직 안 왔는데…

태오　　아, 에디는 오늘 일이 있어서 안 와요~

가타부타 설명 없이 바로 회의실로 향하는 태오. 완, 기태의 빈자리를 바라보며 심란한 표정. 핸드폰을 꺼내 "오늘 회사 안 와?", "휴가 낸 거야?" 하고 문자를 썼다 지웠다 하지만 결국 보내지 못한다. "보고싶다", "나도", "잠시 옥상으로 올라와봐" 등 예전 문자 내용들은 모두 알콩달콩하다. 모니터 창에 띄워진 완의 일러스트. 기태와 닮았다. 눈을 감고 기태와의 좋았던 순간을 떠올리는 완.

완   (혼잣말로) 연락도 없이… 사람 불안하게.

그때 완의 옆으로 쓱 다가오는 써니.

써니   이안. 나 궁금한 거 있어요.
완   네? 네.
써니   이안 님은 왜 그림을 그리게 됐어요?
완   어…

그때 태오가 써니와 완에게로 다가오며

태오   뭐야, 써니. 갑자기? 프로젝트 다 끝나서야 궁금해진 거예요?
          (거들먹) 하긴 냉철한 기획자가 이 아티스트의 마음을 알기나 하겠어.

써니 　　대표님 조용. 이안한테 물어본 거예요.

태오 　　참 나. 아니, 근데 그러게. 면접 때도 그 질문은 안 물어본 것 같네요. 이안, 그림은 왜 시작했어요?

완, 모니터 창에 띄워진 자신의 일러스트를 쳐다본다. 태오, 완의 책상 서랍에 꽂힌 과거 스케치 파일북을 펼쳐 보는데… 수없이 많이 그려진 캐릭터. 얼굴은 모두 기태와 닮았다.

태오 　　와, 이거 언제부터 그린 거예요? 거의 유물인데 유물?

완 　　　고등학생 때부터요.

태오 　　와. 옛날에 그렸던 이 그림들도 얼굴이 다 비슷해. 뭐지? (이완의 얼굴과 비교하며) 자화상은 아닌 것 같고… 그래, 이게 아티스트지. 알지, 이 작가성이라는 게…

써니, 태오에게 시끄럽다는 제스처. 완의 스케치 파일들을 살피더니 완을 향해 알겠다는 미소를 짓고

써니 　　(고개 끄덕이며 혼잣말처럼) 그림만 봐도 알겠네. 왜 그림을 그리게 됐는지.

완 　　　(Na) 내가 왜 그림을 그리는지, 그 이유는…

완, 과거 스케치 파일들 사이에서 교복 차림으로 잠들어 있는 기태를 그린 그림 발견한다.

완   (Na) 얘였다. 신기태.

완, 무언가 깨달은 듯한 표정이다. 그러곤 자리에서 벌떡 일어나 사무실 밖으로 향한다.

써니   이안! 어디 가요?
완   (정신없이) 저 오후 반차요. 가볼 데가 있어서.

정신없이 달려 나가는 완.

S#3   매직툰 웹툰 사업부 사무실, 낮

마주 앉아 있는 완과 안PD.

안PD   (의외라는 듯) 정말 후회 안 할 자신 있어요?
완   네.
안PD   완 씨, 이게 지금 무슨 기회인지…

완　　　피디님, 그날 이후로 제가 왜 그림을 그리는지 생각해봤어요.

안 PD　(머리 부여잡으며) 아… 그거 금지! 그거 금지예요! 내가 그날 그
　　　런 거 생각하지 말라고 하지 않았었나요? 나 그거 트라우마 있
　　　어요.

완　　　…제가 그동안 블로그에 아무도 보지 않을 그림을 매일 밤 그
　　　리면서, 지우고 그리고 다시 지우고 그렸던 건…

안 PD　(체념한 표정) …

완　　　보여주고 싶은 사람이 있었어요. 그 사람이 언젠간 이 그림을
　　　보겠지, 하는 생각으로 그린 거예요.

안 PD　완 씨, 그림 진짜 좋아요. 너무 아까워요.

완　　　그 사람이 없다면 제 그림도 의미가 없어요. 아직까지는요.

안 PD　정말 후회 안 하죠? 나 안 붙잡아요.

완　　　…네. 안 해요. 후회해도, 지금은 제 선택이 맞아요. 죄송합니다.

완, 자리에서 일어나 인사하고 돌아서 나가고. 안 PD, 그런 완의 뒷모습
을 보고 체념하는 몸짓으로

안 PD　(혼잣말) 그래, 가라. 가. 다들 의미 찾고 떠나세요.

이내 쿨한 척하며 돌아앉는 안 PD. 잠시 뒤돌아 고민하더니 태세를 전환
하며

안 PD　　　아, 보면 볼수록 매력적인 캐릭터야.

안 PD, 의미심장한 얼굴로 전화를 든다.

안 PD　　　어, 이 대표. 우리 이번 하반기에 웹툰화 들어갈 게임 계약 아직
　　　　　　안 됐죠?

S#4　매직툰 건물 앞, 낮

후련한 얼굴로 고개를 끄덕이며 나오는 완. 그때 메시지 알림이 뜬다.

　　　Ins. 문자 메시지 창
　　　어디야?　-기태

표정이 밝아지는 완. 바로 기태에게 전화 건다.

완　　　　너 어디야? 나 지금 너한테 갈게. 만나서 이야기해. 지금 어
　　　　　디야?

완, 서둘러 발걸음을 옮기려는 때에, 뒤에서 누군가 완을 붙잡아 안아주

는 손길이 느껴진다. 완, 놀라 뒤돌면 기태가 서 있다.

기태   나 여기있는데.

완   (거의 울먹) 뭐야, 연락도 안 되고.

기태   웹툰 투자 건 때문에 오전에 급하게 출장 갔다 왔어. 태오가 말

            하지 않았어?

완   말 안 해줬어. 그냥 안 나온다고만 했단 말이야.

기태   아직 대외비라 그랬나 보네. 그나저나 넌 여기 왜 있어.

완, 천진한 기태의 얼굴을 보다가 이내 와락 끌어안는다. 높은 빌딩 숲 사이 오래도록 포옹하고 있는 기태와 완.

S#5   기태의 집 거실, 낮

소파에 나란히 앉은 완과 기태. 완, 어색하게 쿠션을 끌어안고 푹 기대고 있다.

완   근데… 안 어울리게 저 식물들은 뭐야? 예전부터 궁금했어.

완, 거실 구석에 잔뜩 놓인 화분을 가리킨다.

기태   아~ 내 취미야. 마음이 편안해지더라고.

완   진짜 안 어울려. 차라리 동물을 키우면 그런가 보다 할 텐데.
      와, 방금 화분에 물 주고, 잎 닦는 네 모습 상상했는데…

기태, 말없이 화분 쪽으로 다가가 쪼그려 앉아 잎을 매만진다.

기태   발 달린 건 싫어. 어디 도망갈 거 같아서. 애네는 그 자리 그대
      로 뿌리내리고 있잖아… (아련하게)

완   …말에 뼈가 있네.

기태   알면 어디 가지 말라고.

완   안 간다니까?

기태   …(뜸 들이다) 그럼 저번에 술 마시고 그건 뭐야? 이제 얘기해줄
      수 있는 건가?

완   아, 웹툰 PD님. 무슨 신진 작가 육성 사업으로 해외 나가서 그
      림 그려볼 생각 없냐구.

기태   뭐?

완   근데 안 한다고 했어.

기태   (흥분해서) 야, 아니 그래도 그런 기회면… (머리 짚는다)

완   후회 안 해. 너 때문이 아니라 내가 나중에 후회 안 할 것 같은
      쪽을 선택한 거야.

기태   솔직하게 나 때문이면…

완   (말 끊고) 아니야. 나 때문이야. 그리고 기회가 이번밖에 없겠어?
         네가 그랬잖아. 나 그림 잘 그린다고. 더 준비해서 좋은 작품으
         로 연재 시작하고 싶어서 그래.

기태, 완에게 다가가 완의 머리를 두 손으로 감싼다.

기태   이 쪼그만 머리통에 대체 뭐가 들었는지.

완   이거 안 놔?

기태   들었다 났다 아주. 예뻐서 뭐라고 하지도 못하게.

완   야!

기태   나 얼마 뒤면 생일이잖아. 뭐 해줄 거야?

완   (당황해서) 너는 뭘 그런 걸 직접 묻냐?

기태   뭘 새삼스럽게. 우리 고딩 때도 맨날 갖고 싶은 거 먼저 물어봤
         었잖아.

완   …이번엔 내가 그냥 준비했어.

기태   (기대하며) 뭔데?

완   내 블로그 들어가봐. 너한테만 공개된 게시판 있을 거야.

기태   (숟가락 내려놓고, 핸드폰 찾으며) 진짜?

완   생일날 12시 딱 되면 설정 바꿔둘 거야.

기태   와, 대박이다. 먼저 좀 풀어주면 안 되냐?

완   되겠냐? 생일 선물인데 그럼.

투닥대는 기태와 완의 모습.

S#6 기태의 집, 밤

시계가 오후 11시 58분을 가리키고 있다. 기태, 핸드폰을 열어서 완에게
전화를 건다.

완   여보세요?

기태   2분 남았다?

완   그렇게 좋아? 큰일 났다. 별거 아닌데…

기태   그런 게 어딨어. 네가 주는 건데. 다 좋지.

간지럽게 통화하고 웃는 두 사람. 어느새 자정이 되고

완   생일 축하해. 신기태.

기태   응, 고마워. 나 바로 확인한다?

기태, 전화를 끊고 거실 협탁에 앉는다. 맥북을 열어 완의 블로그에 접속
한다. 못 보던 '일기' 카테고리가 추가되어 있다. 클릭해보니 블로그 문구
와 함께 끄적이듯 그려진 스케치.

Ins. 완의 블로그

2015. 02. 10

졸업식을 했다. 그리고 좋아한다고 말했다. 아마 다시는 못 볼 거다. 잊어야 한다.

2015. 04. 13

내일이면 입대다. 돌아오면 다 잊고 새롭게 시작할 수 있었으면 좋겠다.

2017. 03. 02

알바하다가 우연히 그 애의 이름을 들었다. 이제 다 잊은 줄 알았는데.

2019. 06. 15

고모가 돌아가셨다. 역시나 연락하지 못했다.

2022. 05. 02

다시는 못 볼 거라고 생각했는데, 오늘. 우연히 그 애를 다시 만났다.

포스팅을 하나하나 눌러 완의 그림과 일기를 읽어보는 기태. 웃었다가,

복잡한 표정으로 말이 없다가, 집중해서 읽기를 반복하고. 마지막 일기를 눌러보는 기태.

> Ins. 완의 블로그
>
> 2022. 08. 25
>
> 생일 축하해. 이건 네가 없던 시절에 대한 내 기록.

기태, 조심스럽게 키보드 위에 손을 올린다. 잠시 망설이던 손. 포스팅에 달리는 댓글.

> Ins. 완의 블로그
>
> 게임보이 : 내가 몰랐던 시절의 너를 사랑해.

S#7 숙직실, 밤

완, 블로그 댓글 알림이 뜨자마자 확인하고, 댓글을 한참 읽어본다. 그리고 기태에게 바로 전화를 건다.

S#8 기태와 완이 졸업한 고등학교 교문, 밤

완이 이끄는 대로 따라온 기태. 학교를 보고 당황한다.

기태   뭐야, 여기는 왜?

완   여기서 할 얘기가 있지.

기태, 완의 손에 이끌려 학교 안으로 들어간다.

S#9 고등학교 옥상, 밤

옥상 문을 열고 들어가는 완과 기태.

완   여기는 한결같이 문을 안 잠가두네.

기태   여긴 왜…

완   따라와봐.

기태, 완을 따라 옥상에 들어선다. 옥상을 둘러보던 완, 기태에게 다가가 마주 보고 선다.

완   나 너한테 아직 못 한 말 있어.

기태   (불안한 듯) 뭔데… 나 불안하다?

완   아, 했었던 말인데 지금 다시 해야 하는 말이야.

기태, 완의 입에서 무슨 말이 나올까 불안해 걱정스러운 얼굴로 쳐다
보는

완   …너 좋아해.

그 순간, 7년 전 완이 고백하던 순간이 스쳐 지나가고. 기태, 뭔가 두렵다
는 표정으로

기태   아, 나 이거 결말 아는데. 여기, 이 옥상. 이 자리.

완   …네 대답은?

기태   나도 너 좋아해.

완   내가 좋아한다는 건, 이런 의미야.

완, 기태에게 입을 맞추려 천천히 다가가고. 이번엔 고개를 빼지 않은 기
태가 완을 강하게 끌어당겨 오래오래 입 맞춘다. 한참을 입 맞추다 고개
를 떼어낸 둘, 서로를 바라보고

완	나 이제 도망 안 가. 절대로.
기태	진짜?
완	아, 받아줄 거야 말 거야.
기태	뭘?
완	7년 만에 다시 하는 내 고백.
기태	당연히 받아주지.

기태, 완 서로 마주 보며 웃는다.

완 　 아, 너한테 말할 거 있는데. 이건 아예 처음 하는 얘기. 우리 저 번에 매직툰 앞에서 마주쳤잖아.

기태의 동그래진 눈.

S#10 회의실, 모전

회의실에 모인 태오, 써니, 제이미. 완의 마지막 출근을 기념해서 깜짝 파티를 준비하고 있다. 어두운 회의실에서 옥신각신 케이크 초에 불을 붙이고 있을 때, 문이 열리며 들어오는 기태와 완.

완   …?

써니   와우, 망했네. 그니까 제가 누구 한 명 망보고 있어야 된다고 말
            했잖아요, 대표님!

실패한 깜짝 파티에 무릎 꿇고 좌절하는 태오.

제이미   하여튼 뭐 하나 맞는 게 없어요. 아니, 이렇게 이안 가면 우리끼
            리 어떡해? 뭐 제대로 되겠어요?

투닥거리는 셋을 흐뭇하게 바라보는 완과 기태. 완, 셋에게 다가와 초에
불을 붙인다.

완   저도 축하드릴 일 있는데…

써니   뭔데요?

완   다들 아시다시피 제가 원래 만화 그렸었잖아요. 사실 최근에
            웹툰 플랫폼에서 정식으로 연재 요청이 들어왔어요. 그러니까
            … 작가로 데뷔할 기회가 온 거죠.

제이미   헉, 진짜요? 너무 잘됐다!

완   근데 해외에 나가서 작품 활동을 해야 한다는 조건이었어요.
            그래서 거절했거든요.

써니   어… 그래도 다시 오기 어려운 기회 아니에요?

태오	그러게요. 이대로 보내기엔 아쉽지만, 이안한테 좋은 기회 같은데… 괜찮아요?
완	그런데 어제 다시 연락이 왔어요. 저희 회사 게임을 웹툰화하고 싶다고. 웹툰은 접근성도 높아서 홍보 효과도 좋을 것 같고 … 저희 게임 스토리도 확장시켜볼 수 있을 것 같은데, 어떠세요? 사실 오리지널 스토리로 해외에서 연재하는 게 좀 부담스러운 것도 거절한 이유 중에 하나였는데… 저희 게임 시나리오 좋잖아요.
태오	와, 난 완전 찬성. 사실 우리도 계속 웹툰 쪽으로 컨택하고 있었거든요. 아, 그 플랫폼 쪽도 다 오케이된 건가?
완	네. 저희만 괜찮으면 자세한 사항은 조율할 수 있을 것 같아요. 먼저 제안이 온 거기도 하니까…
써니	진짜 괜찮은데요…?
태오	에디, 우리 일정은 어때요?
기태	이 정도면 안 돼도 되게 해야죠. 체크해볼게요.
태오	좋아요. 그럼 진행하는 걸로 해봅시다. 진행 상황 알려주고, 일정도 정리해서 공유해줘요.
완	네!

기태, 기특하다는 표정으로 완 쳐다보고 완, 기태 바라보고 웃는다.

S#11 기태의 집, 아침

시간이 흘러 세간이 하나씩 늘어 있는 기태의 집. 칫솔도 두 개. 실내용 슬리퍼도 두 개. 컵도, 수저 세트도. 살림이 늘어 더 포근하고 따뜻한 기운이 돈다. 아직 잠들어 있는 완과 분주하게 출근 준비를 하는 기태. 기태, 출근 준비를 마치고 잠든 완을 깨운다.

기태   완아, 일어나.

완   (잠투정 부리며) 좀만 더… 잘게…

기태   빨리 일어나세요~

기태, 완이 자고 있는 침대 위로 올라가 괴롭히며 깨운다.

완   아, 일어났어…

기태   너 내일 마감이잖아. 아침밥 차려놨으니까 꼭 챙겨 먹고. 응?

완   알겠어… 얼른 가. 얼른.

기태   나 가면 또 자지 말고, 밥 먹어야 돼.

완   아, 알겠다니까.

기태   형님 출근하는데 뽀뽀 안 해줘?

완   누가 형님이야… 생일은 내가 더 빨라.

기태   아이고, 네, 형님. (완 간지럽힌다)

완　　야! 너 빨리 가!

기태　　뽀뽀해주면.

기태, 능글맞게 빰 내밀고. 완 씨근덕거리면서도 뽀뽀해주려고 다가가는데, 고개를 확 돌린 기태 덕에 입술에 뽀뽀해버린 완.

완　　진짜 아침부터 그러고 싶냐? 어?

기태　　응, 아침부터 이러고 싶다. 나 진짜 간다?

완　　응, 잘 갔다 와.

기태, 서둘러 출근하고 완, 배웅해준다. 기태를 보낸 완, 까치집을 한 머리 그대로 부엌으로 나가보니 토스트와 잼, 커피가 놓여 있다. 자연스럽게 식탁에 앉아 아침을 먹으며 작업을 시작하는 완. 아이패드 위, 완의 그림이 시작된다.

완　　(Na) 그래서 이번에는 해피 엔딩이냐고? 잘 모르겠다. 지금 행복하지만 언젠가 게임 오버가 될 수도 있지. 그렇지만 하나 확실한 건, 삶은 긴 게임이라는 거다. 시뮬레이션은 계속될 거고 나는 도망 대신 사랑을 선택할 수 있다. 어떻게 아냐면, 한 번 해봤으니까.

카메라가 거실 벽을 훑으면 옛날에 완이 그려준 기태의 그림과, 졸업식 날 함께 찍은 두 사람의 필름 사진, 그리고 다시 만나 지금까지 찍은 필름 사진들.

8부 쿠키

S#12 비밀 창고, 낮

조그만 창으로 빛이 새어 들어오는 비밀 창고. 구석에 앉아 만화책을 읽고 있는 완. 그때, 창고 문이 열리는 소리 들리고. 황급히 만화책을 숨긴다. 문을 연 사람은 기태. 기웃거리다 완을 발견한다.

기태   야, 너 여기 있었어?

완   (기태인 걸 확인하고) 아, 깜짝 놀랐잖아!

기태   너희 반이랑 피구 하는데 네가 없잖아. 여기서 뭐 해?

자연스레 완의 옆에 앉는 기태.

완   아, 땀 냄새 나!

기태   (자기 옷을 킁킁대며) 많이 나나?

완   체육 시간 딱 질색이야.

기태 (완이 구석에 밀어둔 만화책 발견하고) 그래서 여기서 만화책 읽고 있

었냐?

완   아, 내 맘이야~

기태 너 없으니까 재미가 없네… 피구 하자 같이.

완   나 원래 체육 싫어하는데 무슨… 그리고 너랑 나랑 다른 편이

거든?

기태 상관없는데.

기태와 완의 눈이 마주치고. 완, 눈동자가 흔들린다. 그러다 기습적으로
뺨에 뽀뽀한다. 뽀뽀하고 자기가 놀란 듯 입을 가리는 완.

기태 뭐야?

완   아… 그게, 미안. 진짜 미안…

고개 푹 숙인 완, 일어나려 하는데 기태가 못 일어나게 막고 완의 얼굴을
두 손으로 잡는다.

기태 땀 냄새 난다며.

완   야… 그게…

기태 괜찮나 보네.

완의 입술에 짧게 뽀뽀하는 기태.

기태   너 좋아.
완   너…
기태   너는?
완   …나도.

밖에서 체육 시간 아이들의 왁자지껄한 소리 들려온다. "신기태 어디 갔어!" 하며 기태 찾는 소리. 완과 기태, 나란히 앉아 키득거리며 웃는다. 기태, 완의 어깨에 기댄다.

* 게임 문구
"축하합니다. 모든 스테이지를 통과해 연애를 시작합니다."

배무 인터뷰

이종혁

이완이 되어가는 과정

저는 꼼꼼하지만 완이만큼 섬세하진 못해요. 그래서인지 7년이라는 시
간의 짝사랑을 이해하기 쉽지 않았고, 완이의 감정을 온전히 이해하는
것도 쉽지 않았어요. 그랬기 때문에 완이의 감정을 표현하는 부분에 더
집중해서 준비했던 것 같아요. 극의 초반에는 오랜 사랑 앞에서 움츠러
들고 위축되기도 했지만, 다시 찾아온 사랑 앞에선 행복한 모습을 꾸밈
없이 보여드리고 싶었어요. 기태를 다시 만나게 된 완이가 행복했으면
좋겠다는 마음으로 연기에 임했습니다.

자극을 주는 멋진 동료이자 특별한 동생

대본 리딩에서부터 촬영 현장까지 승규와 깊은 대화를 많이 나눴어요.
각자가 지닌 캐릭터와 작품에 대한 애정이 만나 가능했다고 생각해요.
승규는 현장에서 만난 멋진 동료이기도 하면서 저에겐 특별한 동생이자,
좋은 자극을 주는 사람이에요. 늘 잘 해내는 승규를 보면서 저도 많이 배
우고 고마움을 느껴요.

우연시가 내게 가져다준 것

지금까지 참여한 모든 작품이 특별한 기억이지만 우연시는 데뷔작만큼
이나 강렬한 기억이고, 배우로서 새로운 출발이었어요. 완이 덕분에 정
말 많은 사랑을 받았고 많은 팬분들의 응원도 받게 되었으니까요. 정말
든든해요. 지금도 뜨거운 여름에 땀 흘리며 길을 걸을 때나, 상암동을 지
나갈 때면 우연시 생각이 절로 나요. 팬분들보다도 제가 더 사랑하는 작
품이에요. 이제는 저에게 떼려야 뗄 수 없는 작품이죠. 우연시는 제게 '도
전하고 성장하는 배우'라는 목표를 갖게 해줬어요. 앞으로도 완이를 생
각하며 망설임 없이 도전하는 배우이고 싶습니다.

설레고 감사한 마음

인터뷰에서도 여러 번 언급했지만 희망하고 상상하는 것들은 많아도 특

정한 장르나 방향을 목표로 삼고 싶진 않아요. 더 알차게 땀 흘리며 보내는 20대를 목표로 삼고 싶어요. 데뷔작부터 지금까지 작품 속 캐릭터로 연기할 수 있어 늘 설레고 감사해요. 10년 뒤, 20년 뒤에도 변함없이 설레고 감사한 마음으로 최선을 다해 임하고 싶어요.

이종혁의 요즘

열심히 학교에서 실습을 하고 있습니다. 근래는 학업을 마무리하는 데 집중하고 있어요. 그래도 플레이어분들을 공식적인 자리를 통해 뵙기도 하고, 또다시 만나 뵐 생각으로 열심히 준비도 하고요. 설렘이 바탕으로 깔려 있는 실습을 다니고 있습니다. 앞으로도 계속해서 좋은 모습 보여 드리도록 노력하는 이종혁이 되겠습니다. 감사합니다.

배우 인터뷰

이승규

<u>이승규와 신기태의 접점</u>

기태와 근래의 저는 상당히 많은 부분이 닮아 있다고 생각해요. 원래 기본적인 기태의 분위기는 조금은 딱딱하고 차갑잖아요. 그래서 저와는 거리가 좀 멀다고 생각했는데 1년 정도 지나니까 제 성격이나 성향도 많이 바뀐 탓인지, 스스로 달라진 모습들이 보이더라고요. 이를테면 요즘은 '온전한 나의 삶'을 추구하고 있어요. 스스로에게 평소보다 더 많이 자문하고 그에 대한 대답을 듣고, 그대로 믿고 행동하고 나아가는 거죠. 제 안의 한정적인 에너지를 불필요한 곳에 낭비하지 않으려 노력하고 있어요. 어떤 모습이 좋다, 나쁘다 말할 수 있는 건 아니지만 이런 삶이 확실히 편하긴 한 것 같아요. 기태가 되기 위해서 어떤 노력을 했다고 말하기엔 조금 부끄럽지만 시간 장소 불문하고 언제 어디서든 "기태라면 이렇게 행동했겠지?" 하며 구체적인 상상 작업에 집중했어요. 밥을 먹거나 걷거나 말하는 사소한 습관 같은 것에서부터 시작했어요.

상대 배우와의 호흡도 마찬가지고요. 그래서 촬영 전 제 상상 속 완이에게 종혁이 형을 계속 대입시켜보곤 했는데 크게 벗어나는 지점은 없었어요.

함께 섞여든다는 것

많은 분들께서 형과의 호흡이 좋았다며 칭찬해주셨어요. 우선 감사드린다는 말씀 전하고 싶습니다. 촬영 전부터 형과 사소한 디테일 하나하나 준비하면서 '오, 우리 굉장히 잘 섞일 것 같은데?' 하고 생각했어요. 역시 그랬고요. 촬영하는 매 순간 제 호흡이 앞에 서 있는 형에게 푹푹 들어가고 있구나, 잘 전달되고 있고 그만큼 나에게도 느껴지고 있구나 생각했어요. 좋았던 것은 누구도 일종의 연기적 바운더리를 넘으려 하지 않았다는 점이었어요. 기태와 완의 생각을 수시로 공유하되, 표현 방식은 각자가 만들어 보이는 거죠. 그게 배우의 몫이기도 하고요. 그 표현 방식에 대한 서로의 믿음이 있기에 가능했다고 말하고 싶어요. 저에게 있어 종혁이 형은 여러 가지 의미를 가지고 있어요. 멋진 형이자 나의 친구(완)이기도 하죠. 시작을 멋진 사람과 함께한 것 같아서 앞으로 어떤 현장을 가도 생각날 것 같아요. 닮고 싶고 또 배우고 싶은 모습을 많이 담고 있어요.

나를 믿다

앞서 시작이라는 말씀을 드렸는데 그만큼 처음으로 저를 믿고 임했던 작품이었어요. 그래서 더욱 제 마음속에 뜻깊게 자리하고 있어요. 우연 시 속의 기태가 굉장히 입체적이고 매력적인 캐릭터이기도 해서 이렇게 재밌는 친구를 또 연기할 기회가 흔치 않을 것 같아요. 1년 전 이맘때쯤 촬영을 했는데, 그래서인지 매년 뜨거운 여름이 찾아오면 계속해서 생각 나기도 할 테고요. 많은 분들의 사랑을 받은 작품인 만큼 저에게 계속해 서 과분한 작품으로 남을 것 같아요.

변화하는 세계

계속 고민하고 탐구하고 싶어요. 사실 나아가고 싶은 방향이다, 목표다 할 만한 건 없는 것 같아요. 우리는 스스로 일관성을 가진 사람이라고 생 각하지만 사실 매일 변하니까요. 그래서 요즘은 나만의 세계를 어떻게 바라봐야 할지에 대해서 생각하게 돼요. 나의 세계가 고정되어 있다고 느낄 때 괴로운 것 같아요. 그렇지만 모든 것은 변한다는 생각이 있으면 마음이 한결 놓여요. 의무로 연기하고 싶진 않아요. 지금은 스스로를 믿 어주고 싶어요.

이승규의 요즘

일이 끝나고 인터뷰 글을 작성하려다가 같은 일을 하고 있는 동료로부터 전화가 와서 이런저런 이야기들을 나눴어요. 일상적인 이야기부터 연기에 관련한 토론까지 세 시간을 시간 가는 줄 모르고 통화했어요. 그중에서 인상 깊은 조언이 있었는데, 불안과 불확실성에 대한 이야기였어요. 어떻게 하면 불안을 있는 그대로 받아들일 수 있을까? 살아갈수록 삶을 통제할 수 없다는 생각이 들었지만 이제 정말 몸으로 실감한다는 내용의 대화를 나눴어요. 생명력 안에 머무는 모든 것이 불확실성 속에 있지만, 불확실하다는 게 부정적인 것은 아니라고 얘기하더라고요. 또 의식은 감각과 행위를 동반한다는 말도 아주 흥미로웠습니다. 몸의 조형에 대해서 깊게 고민하고 있던 제게 일종의 해답을 주는 말이었어요. 저는 요즘 움직임에 집중하는 훈련을 하고 있어요. 매번 느끼는 건 어째서인지 연기는 하면 할수록 점점 더 어려워지는 것 같아요. 그렇지만 오늘 하루도 생각하고 고민할 수 있어서 행복해요.

초판 1쇄 인쇄 2023년 8월 16일
초판 1쇄 발행 2023년 8월 28일

각본 이윤슬 | **각색** 임현희
펴낸이 정은선
디자인 ALL contents group

펴낸곳 ㈜오렌지디
출판등록 제2020-000013호
주소 서울특별시 강남구 선릉로 428
전화 02-6196-0380 | **팩스** 02-6499-0323
ISBN 979-11-7095-010-3 (03810)

www.oranged.co.kr